깨끗한 존경

깨끗한 존경

이슬아 인터뷰집 2019

정혜윤, 김한민, 유진목, 김원영

글 이슬아
사진 류한경

내가 얼마나 내 안에 갇혀 있는지 알아차릴 때마다 떠오르는 목소리들이 있었다. 문장으로 된 목소리였다. 아무 소리 나지 않아도 선명하게 들려왔다. 더 가까이에서 보고 듣고 싶었다. 그 마음과 그 얼굴로부터 배우고 싶었다. 내가 나에게 들려주는 이야기로는 충분하지 않았기 때문이다. 자리에서 일어나 그의 맞은편에 앉아보았다. 이것은 그렇게 마주본 네 사람에 관한 책이다. 네 사람이 유심히 바라본 존재들을 향하는 책이기도 하다. 무엇보다도 나의 감탄과 부끄러움을 숨길 수 없는 책이다.

스스로에게 갇히는 날이 또 온다면 이 대화들을 다시

떠올릴 것이다. 그들의 이야기를 기억하며 마음의 세수를 한다. 이 느낌을 나는 존경이라고 부르고 싶다. 먼지 한 톨 없이 깨끗한 존경의 순간이 얼마나 희귀한지를 안다. 깨끗한 축하와 깨끗한 용서만큼이나 흔치 않다. 여전히 나는 그들의 아주 일부만을 알지만 그들이 들려준 이야기의 찬란함은 의심하지 않는다.

하나의 입과 두 개의 귀가 있다는 것, 말하고 들을 수 있다는 것, 그리하여 질문하고 대답할 수 있다는 것에 감사하며 인터뷰집을 만들었다. 그 능력은 우리의 시선을 이동하게 한다. 나 아닌 존재에게 연결되고 확장되도록 돕는다. 주어를 얼마든지 늘려나갈 수 있다는 점은 글쓰기에서 내가 가장 좋아하고 어려워하는 부분이다. 네 사람의 이야기와 함께 그 일을 계속 해나가고 싶다.

2019년 가을
이슬아

차례

이슬아 × 정혜윤

2019.04.03.

한 번이라는 감수성

혼신의 힘을 다 하고 나서 발 뻗고 자는 느낌을 아느냐고
그가 물었다. 나는 곧바로 대답하지 못했다. '혼신의 힘'이
라는 말을 처음 들은 것처럼 낯설었다. 내 몸과 영혼의 에
너지를 최선을 다해 썼던 때가 언제인지, 그런 날이 있기
나 했었는지 확신이 들지 않았다. 나는 '당신은요?'라고
되물었다. 다른 누구보다도 그가 무엇에 혼신의 힘을 다하
는지가 궁금했다. 왜냐하면 그를 등대 삼아 작가가 되었기
때문이다.

　그의 이름은 정혜윤이다. 내 서재의 책장에는 '정혜윤
칸'이 있다. 글을 왜 써야 하는지 모르겠을 때마다 나는 정
혜윤 칸 앞에 갔다. 아무 책이나 집어 들고 아무 페이지나

펼쳐 들어도, 계속 쓰고 싶은 이유를 언제나 찾을 수 있었다. 〈일간 이슬아〉의 수많은 문장이 그 책들의 도움으로 쓰여졌다. 그러므로 나의 첫 번째 인터뷰이는 정혜윤 피디여야 했다.

그의 직업은 라디오 피디다. 〈CBS〉에서 수많은 라디오 방송을 만들어왔다. 여러 권의 책을 쓴 저자이기도 하다. 『사생활의 천재들』, 『침대와 책』, 『마술 라디오』, 『인생의 일요일들』 등 모두 보물 같은 책이다. 책을 통해 만난 그는 자신이면서 동시에 자신 이상이었다. 어떻게 그럴 수 있는지를 묻고 싶었다. 책 바깥에서는 그가 무엇에 혼신의 힘을 다하는지도 묻고 싶었다. 내가 사랑했던 책 속의 문장들과 그의 일상이 얼마나 닮았을까도 궁금했다. 어떻게 슬픔을 빛으로 만드는지 궁금했다.

그래서 우리는 만났다.

—

이: 인터뷰를 많이 안 하셨더라고요. 여러 권의 책을 쓰신 것에 비해서요.

정: 제가 방송국에 입사했을 땐 피디는 오직 프로그램으

로만 말해야 한다고 배웠어요. 피디가 밖에 나가서 자기 얘기를 많이 하면 '이래도 되나' 싶은 생각이 자동으로 들었던 거죠. 그런데도 저는 책을 쓰는 게 절박했어요. 라디오의 속성상 릴테이프는 한 번 돌면 끝이에요. 일 년 동안 준비한 방송도 릴테이프가 한 바퀴 돌면 끝난단 말이에요. 그래서 생긴 감수성이 있어요. '한 번'이라는 감수성이지요. 기회는 한 번이라는 감수성. 인생은 마치 릴테이프가 한 바퀴 도는 것처럼 한 번이구나. 다시 오지 않는구나. 그래서 덧없이 사라지는 것보다 조금 더 긴 거, 조금만 더 긴게 뭘까? 조금만 더 오래 가게 살려두고 싶은 게 뭘까? 고민했지요.

이: 책에 쓰인 이야기라든지요?

정: 네. 책 그 자체이지요. 16세기에 쓰인 책도 우리가 읽고 있잖아요. 저는 그 사실이 너무 놀라웠고 희망이었어요. 돈키호테나 셰익스피어 같은 건 어떻게 수백 년을 안 사라지지? 계속 안 사라진 것 안에는 뭐가 있지?

이: 피디님의 책 『마술 라디오』에서 실수로만 이루어진 릴테이프에 대해 읽은 것을 기억해요. 아날로그 릴테이프를

쓰던 시절부터 피디셨지요. NG가 난 부분만 잘라서 모으셨다고요. 버려진 릴테이프 찌꺼기를 모았더니 120분짜리가 되었다면서요. 한숨 소리, 콧물 소리, 기침 소리, 이상하게 꼬인 발음 같은 소리들만 모인 테이프요.

정: 그 릴테이프에 가장 많이 등장하는 말이 뭔지 아세요?

이: 뭐예요?

정: "피디님, 다시 할 수 있어요?"

이: 아, '다시' 군요.

정: 네. "다시 해요", "다시 할게요" 이런 말들이에요.

이: '다시'라는 말은 아름다움의 역사에 가장 먼저 포함시킬 만한 단어라고 쓰셨지요. 제가 『사생활의 천재들』에서 가장 좋아하는 부분이에요. 페이지를 통째로 외우고 다녀요.

정: 저는 '다시'라는 단어가 그렇게 부드러워요. 다시 하

고 싶어 하는 마음. 다시 잘해보고 싶은 마음. 실수를 만회하고 다시 용서받고 다시 힘을 얻고 다시 깨졌던 관계는 복원되고. 어쨌든 '다시'라고 말하는 사람의 마음 안에 이미 있는, 새로 출발하는 능력요.

이: 어제(2019년 4월 1일)에 피디대상을 받으셨어요. 〈CBS〉 라디오 다큐멘터리 〈자살률의 비밀〉로요. 작년 12월에 방송된 그 다큐와 11월에 방송된 〈남겨진 자들의 이야기〉 시리즈를 모두 듣고 왔어요. 라디오 다큐라는 장르가 저에겐 조금 생소했는데요.

정: 라디오는 한계를 가진 채 청취자에게 가는 방송이에요. 시각적인 정보가 없으니까요. 수단은 하나예요. '그러니 부디 헤아려줘요, 눈에 보듯이 상상해줘요' 하며 온갖 부탁하는 마음을 가지고 만들죠. 라디오 프로그램과 달리 라디오 다큐는 일 년에 한두 편 밖에 만들지 못해요. 라디오 프로그램은 매일 하니까 온갖 핑계를 댈 수 있어요. 오늘 게스트가 말을 못했다거나. 섭외가 안 되었다거나. 하지만 라디오 다큐는 이런 핑곗거리 자체를 없애버린 세계예요. 기간이 몇 달 주어지니까요. 그래서 라디오 다큐를 만든다는 건 피디가 정면 승부를 건다는 뜻이에요. 스스로

에게도 핑계를 허용하지 않고 끝까지 최대한 역량을 동원해서 열심히 하겠다는 다짐을 하는 것과도 같아요. 정면승부예요.

라디오는 수많은 약속으로 이루어져 있어요. 예를 들어 "오늘 6시 5분에 생방송 인터뷰합시다"라고 했는데 출연자가 컨디션이 안 좋아서 잠수 탈 수도 있는 거거든요. 하지만 99.9%는 안 그래요. 아무리 아파도 약속이니까 지켜요. 이런 힘은 아주 희귀하거나 특별한 게 아니예요. 인간 안에 있어요. 본능적으로 상대방의 입장에 설 수 있는 힘이 있는 거예요. 안 그랬으면 라디오를 어떻게 만들겠어요.

이: 어마어마한 슬픔을 뚫고 나온 사람들의 사례를 피디님의 라디오에서 들었어요. 그들은 계속 역지사지를 해요. 피디님은 세월호 유족 분들과도 라디오를 만드셨는데요, 언젠가 그런 말씀을 하신 것을 기억해요. 유족 분들이 역지사지라는 말을 너무 고통스러워하신다는 이야기였어요.

정: 유족들이 입 밖에 절대로 내지 않는 말이 있어요. 아무리 입안에 맴돌아도 그 말은 안 해요. "너도 한 번 당해봐"라는 말이에요. "시신 장사 하냐"는 말을 들으면 '당신

도 한 번 겪어보세요'라는 말이 여기까지 올라오는데도 있는 힘을 다해서 참아요. 자신의 윤리로는 할 수 없는 말이라서요. 그 이유는 자기가 겪고 있는 게 너무 고통스럽기 때문이에요. 어지간히 고통스러워야 너도 한 번 겪어보라고 할 텐데, 인간으로서 그 말만은 차마 못 하겠는 거예요. 그 분들은 '당신도 당해 봐라'가 아니라 '당신은 그런 일을 당하지 마세요'라고 말해요. 저는 이것보다 숭고한 인간의 마음은 없다고 생각해요. 유족들은 말하죠. '재난이 반복되지 않으면 좋겠다'고요. 저는 사람들이 그 말을 허투루 듣지 않을 수 있다면 세상은 변할 거라고 생각해요. 그 말 뒤에 있는 세계, 그 고통을 생각하면 사회뿐 아니라 우리의 차가워진 인간성도 변해요.

이: 세월호 관련 기사를 읽는 것만으로도 버거워서 이야기 듣는 것을 피하거나 미루는 이들도 있는데요, 피디님께서는 어떠셨는지요? 몸과 마음이 상하지는 않으셨을지 걱정이 돼요.

정: 생각보다 더 많이 슬펐어요. 혼자 길을 걸을 때 저 앞에서 고등학생들 몇 명만 걸어와도 고개를 돌리게 됐어요. 똑바로 못 봐요. 그 평범한 웃음소리, 평범한 일상, 평범한

농담이 제 가슴을 콱 찔려요. 누군가는 저걸 확실히 못 누렸구나. 이 생각이 든단 말이에요. 제 슬픔보다 중요한 건 우리가 당연히 누리는 저것을 누군가는 못 누렸다는 사실이에요. 그건 저에게 엄청나게 중요한 기준이 됐어요. 이제는 제가 지금 누리는 것이 결코 하찮지 않다고 생각해요. 그리고 삶이 소중하다고 생각해요. 아까 얘기했던 '한 번이라는 감수성'에 더해져서, 저는 시간이 없어요. 인터뷰 잘 안 한다고 말씀드렸죠? 솔직히 인터뷰를 하느라 제 이야기하는 시간이 아까워요. 꼭 필요한 일이 뭔지 안다면 그 일부터 하고 싶기 때문이에요.

이: 이를테면요? 꼭 필요한 일이 피디님께는 무엇인가요?

정: 늘 저한테 그 질문을 해요. 라디오 피디로서 꼭 필요한 일을 하고 있는지를. 세월호 1년 지나고 나서 유족들과 팟캐스트를 처음 했어요. 〈4.16의 목소리〉라는 방송이었죠. 첫 방송 날 유족들이 왔어요. 왔는데 일제히 아무 말도 못해요. 제작진, 진행자, 엔지니어 모두 다. '안녕하세요'라고 인사를 건넬 수 없고 만나서 반갑다고 할 수도 없고. 모든 말이 송구스러운 거죠. 그러면 유족들이 먼저 말을 하세요. 자신들을 어떻게 대할지 모르는 사람들 마음을

아니까요. 그 첫 방송이 너무 어려웠어요. 유족들 모셔놓고 내가 뭘 하려는 건지, 이분들을 모신 자체가 너무나도 벅차서, 이분들한테 말을 시켜도 되나 하고 총체적 혼란이 왔어요.

그러다 그런 생각이 들었어요. 내가 뭐하러 피디가 됐을까. 라디오 피디로서 익힌 인터뷰 기술, 편집 기술, 읽고 쓰고 고민한 것들 모두가 무엇을 위한 걸까. 내가 바로 이걸 하려고 피디가 됐구나, 이 일을 해내려고 그랬다는 걸 깨달았어요. 나는 유족들의 말을 가장 잘 들릴 수 있게 해야 한다고 말이지요.

이: 다른 이들의 고통을 그만 생각하고 싶은 때는 없으셨나요?

정: 그만 생각하고 싶지 않았어요. 이 분들은 어떻게 살까? 분명히 엄청 죽고 싶을 텐데, 찢어질 만큼 고통스러울 텐데, 어떻게 이겨내지? 그 생각을 참 많이 했어요. 우리도 각자의 슬픔이 있어요. 각자 견디는 게 있어요. 그래서 이 슬픈 사람들이 살아가는 힘을 조금이라도 이해하고 싶었어요. 누군가 용기를 냈다는 것은 우리 모두의 용기가 될 수 있어요. 개인적으로 변한 게 있다면 '나 힘들어'라는

말을 한 적이 없어요. 제가 어떻게 그런 말을 해요.

이: 세월호 이후에요?

성: 유족들 인터뷰한 다음에요. 저도 슬픈 날이 있죠. 그런데 힘들다는 말 한 번도 안 했어요. 견딜 수 없는 일을 겪은 사람들의 말을 가장 가까이에서 들은 사람으로서 할 소리는 아니라고 봤던 것 같아요. 모르면 모를까, 알면 그렇게는 못하는 그런 세계가 있는 것 같아요. 그게 제 나름대로 그 분들의 고통을 존중하는 방법이에요.

어쩌면 라디오 피디로서의 책임감도 있어요. 라디오는 영상이 없으니까 인터뷰를 하면 그 사람과 나 둘만 있잖아요. 이 사람은 날 믿고 많은 말을 해요. 내가 잘 알아들어야 해요. 내가 못 알아들으면 아무도 못 알아듣는 거예요. 그 공간과 시간 속에는, 그 순간에는 우리 둘 밖에 없으니까. 심지어 어떨 때는 내가 뭐라고 뭣 때문에 날 믿고 이렇게 많은 말을 해줄까? 하고 상대에게 감사하는 마음도 들어요. 감사하기 때문에 잘 알아들으려는 필사적인 의지로 듣는 거예요.

내가 진짜 힘든 건 내가 상대를 온전히 이해하지 못한다는 거예요. 정말 그를 이해하고 싶어도, 내가 그 사람은 아니잖아요. 수많은 사람들이 나 때문에도 외로울 수 있어요. 유족들과 공감하고 헤어져봤자 우리의 저녁은 다를 거예요. 그게 그 사람에겐 슬픔이 돼요.

아까의 그 질문으로 돌아가 볼게요. 저는 잘해야 되겠다는 생각이 들었어요. 이걸 잘 못 하면 그동안 내가 쌓아온 모든 기술은 아무 것도 아니라는 게 확연했어요. 이건 내가 꼭 잘해야 하는 일이구나, 그런 순간이 정말 있구나를 알게 됐어요. 또 그 순간이 제게 온다면 알아볼 것 같아요. 그렇게 중요한 순간은 못 알아볼 리가 없으니까요.

이: 저도 제가 그 순간을 잘 찾아갈 수 있다면 좋겠어요.

정: 내가 뭐 하려고 이 세상에 왔을까, 무슨 일을 일어나게 하려고 태어났을까, 항상 생각해요.

이: 세월호 유가족뿐 아니라 여러 재난 이후의 사람들로 피디님의 관심과 노력이 확장되어왔다는 생각이 들어요. 9.11 참사 유가족, 대구 지하철 참사 유가족, 그밖에도 수많은 유족들을 만나오셨잖아요. 그 분들 목소리를 모으신 걸 들으며 어떤 공통점을 느꼈던 것 같아요.

정: 그러니까 저는, 사람들이 슬프고 외로운 날에 기억할 수 있는 이야기가 있었으면 좋겠어요.

이: 나보다 더 슬픈 사람의 이야기요?

정: 그 뜻이 아니에요. 그냥 세상에 나보다 슬픈 사람이 있다는 걸 기억하자는 게 아니에요. 누군가가 나보다 더 슬픈데, 그가 엄청난 용기를 내어 살아가고 있다는 것을 기억하자는 것이지요. 용기를 말하는 거예요. 저 스스로한 테 얘기해요. 저 사람들이 내는 용기를 봐라. 저 사람들이 내는 저 큰마음, 저 멀리 가는 마음을 봐라. 그러고서 생각해요. 저기로 같이 가자고. 저 방향이라고.
제가 계속 슬픈 사람의 이야기를 하는 건, 그들이 보여준 세계로 가고 싶기 때문이에요. 그분들에게 자식들의 죽음이 헛되지 않으려면 미래가 변해야 해요. 아이의 죽음이 어떤 변화의 계기가 되는 거예요. 사랑의 힘으로 무엇을 할 수 있을지, 슬픔으로 무엇을 할 수 있을지 많이 배우고 있어요. 고민이 될 때 이렇게 물어요. 어느 쪽이 변화의 편이야? 어느 쪽이 더 나은 변화의 편이야? 그리고 변화의 편에 서요.

이: 대체로 더 고단한 쪽이잖아요. 변화의 편이라는 것

은요.

정: 근데 그게 내적으로는 평화예요. 내적 자부심과 뿌듯함.

이: 오에 겐자부로의 문장이 떠올라요. "지옥은 내가 간다."

정: 정말 좋은 문장이지요. 최고의 문장이라고 생각해요. 저는 친구에게 이렇게 말하고 싶어요. '친구야, 지옥은 내가 간다.' 저는 준비가 되어 있어요. 제가 그렇게 할 수 있다는 걸 알아요.

이: 많은 친구 분들을 만나면서 지내시나요?

정: 그럴 리가요. 그럼 언제 책을 읽겠어요? 저에게 친구란 제가 존경하고 좋아하는 모든 사람이에요. 심지어 모르는 사람, 동시대인이 아닌 사람까지 포함해서 우정을 느껴요. 제가 더 앞으로 나아갈 수 있게 하는 사람에게 우정을 느껴요. 저는 슬아 씨가 신기해요. 어떻게 그렇게 쓰지? 경쾌하고 귀여운 글들을 어찌 그리 빠른 속도로 쓸까 신기

해요. 저는 한 달에 한 번 신문에 글을 연재하는데 마감 전 일주일 내내 생각해요. 긴장해요.

이: 고맙습니다. 제가 아직 너무 힘든 이야기는 건드리지 않아서 겨우 이 속도로 쓸 수 있는 거겠지요.

정: 그렇지 않죠. 일상을 쓰는 것도 힘들어요. 사실 우리 에게 있는 것은 일상뿐이에요. 그 안에서 어떤 일이 벌어 져요.

이: 피디님이 만드신 라디오 다큐멘터리를 들으면서 많이 부끄러웠어요. 제가 가진 건강과 능력과 힘에 비해 오직 나밖에 안 챙기는 글쓰기를 해온 것 같아서요. 제 몸은 자 주 탈이 나기도 하지만 그래도, 지금보다 더 많이 바깥으 로 나가고 더 많이 들어야 한다고 느꼈어요.

정: 진짜 좋은걸요. 자신한테만 주의를 기울이지 않는 게 가장 좋은 일 같아요. 인생에 일어난 의미 있는 수많은 일 들은 '확장'과 관련 있어요. 제가 정말 좋아하는 글은 확장 이 있고 시선의 이동이 자유로운 글이에요. 다른 생물이 볼 때 우리는 어떻게 보일까요? 구름이 볼 때 우리는 어떻

게 보일까요? 그들은 워낙 맨날 흩어지고 사라지니까 그 시선으로 보자면 우리가 죽는 게 아무 문제도 아닐 거예요, 그쵸?

이: 저는 아직 비생물은커녕 동물한테조차 시선의 이동을 잘 못했어요. 그나마 올해부터 김한민 작가의 『아무튼, 비건』을 읽은 뒤 비건 지향 생활을 시작했는데요. 피디님도 비건이시지요. 어렸을 때 고기를 먹기 싫어했던 이야기를 쓰셨던 게 생각나요. 심지어 남이 고기를 먹던 숟가락도 안 쓰셨다고요.

정: 그때는 비건이라는 단어가 없었잖아요. 그냥 편식으로 불렸죠. 고기 먹은 숟가락을 쓰기 싫어서 숟가락의 무늬를 외우다가 기억력이 커졌다니까요. 옛날 숟가락을 보면 버드나무도 있고 나뭇잎도 그려져 있잖아요. 그 모든 문양을 외웠어요. 다음 끼니 때 내 입에 들어오지 않도록. 밥 먹는 시간에 내내 하는 짓이라고는 남의 수저 외우는 거였죠. 이건 좀 옛날 이야기고, 지난해에 안티 '동물 축제' 페스티벌이 있었어요. 〈동축반축〉이라고 동물 축제를 반대하는 축제였죠. 웬만한 지역 축제는 동물 이름을 달고 진행돼요. 쭈꾸미 축제, 대하 축제, 고래 축제, 산천어 축

제. 그런데 결국은 쭈꾸미, 고래, 소를 잡아먹는 축제예요. 시선의 이동이 없지요? 동물의 입장에서 보면, 동물의 눈으로 보면 축제가 아니라 죽음의 카니발이예요. 이 만연한 동물 먹는 축제에 반대하는 축제를 한 번 열어보고 싶다는 생각이 들었어요. 왜냐하면 동물은 말할 수 없어요. 말할 수 없는 동물을 어떻게 대하느냐는 아주 중요해요. 우리는 생명을 함부로 대하는 것을 무심코 정당화시켜요.

제가 피디 생활을 하다 가만히 깨달은 게 있어요. '먹고사니즘'으로 다 설명되는 분위기라는 거예요. 지역에서 그런 축제를 해도 '달리 먹고살 방법이 없잖아'라고 말하면 사람들이 대충 다 이해해줘요. 왜냐하면 왠지 그 말이 맞는 것 같으니까요. 이런 사람을 상상해 봐요. '먹고사니즘은 먹고사니즘이고, 그래도 인간이 그러면 안 되지.'

저는 '그래도 인간이 그러면 안 되지'라고 말하는 사람이 그리워요. 먹고사니즘에서 조금만 해방되면 다른 존재들에게 이렇게까지 안 잔인해도 되거든요. 인간이 이렇게까지 무뎌지지 않아도 되고요.

당신 말을 알아듣는 나를 믿어요

나에게로 걸어오는 그를 보며 고라니를 떠올렸다. 언제든 어디로든 껑충껑충 잘 뛰어다닐 것만 같은, 그의 길고 탄력적인 다리 때문이다. 그는 그 다리로 전력 질주도 잘하고 험한 산도 빠르게 오른댔다. 회사에서 단체로 산에 가서 보물찾기 행사를 할 때면 정혜윤은 언제나 보물을 숨기는 역할이었다. 먼저 빠르게 산을 타는 사람만이 미리 보물을 숨겨놓을 수 있으니까.

다 숨긴 뒤에 바위에 앉아 산이 내는 소리를 듣다보면 한참만에 사람들이 헥헥대며 그를 따라잡곤 했다. 민첩한 그 사람. 보물이 어디에 있는지 아는 그 사람. 이제는 영롱하고 깊은 눈으로 나를 바라보고 있었다.

—

이: 메모를 안 하신다고 알고 있어요. 중요한 생각이 들었을 때에는 그걸 머릿속에 잘 보존하기 위해서 걷는 것도 조심조심 걷는다고요.

정: 맞아요. 살살 걸어요. '건드리지 마, 어어, 흔들지 마. 나 지금 좋은 생각 담고 있단 말이야.' 이렇게 말하면서 살살.

이: 한편 피디님이 제게 주신 메일의 마지막 문장은 이것이었죠. '지저분한 내 자리에서 씀'. 그런데 좋은 생각을 보존하기 위해 조심조심 걸으시기까지 하면서, 주변이 지저분한 것은 괜찮으신가요?

정: 저는 장난 아니게 더러워요. 회사 사람들이 제 옆에 앉기도 싫어해요. 바퀴벌레가 나오면 다 저만 미워해요. 한마디로 무관심의 능력인데요. 뭐, 치울 게 보여야 치울 게 아니에요.

이: 치울 게 안 보인단 말씀이세요?

정: 안 보여요.

이: 예전에 피디님 강연을 보러 간 적이 있어요. 그날 민소매 원피스를 입고 오셨는데, 시작하자마자 브래지어 끈한 쪽이 팔뚝으로 흘러내렸거든요. 곧 알아채고 고쳐 입으시겠지 싶었는데 두 시간 넘게 모르시더라고요. 너무 열렬히 말씀하시느라.

정: 제가 그랬나요? 브래지어 올릴 시간이 어딨겠어요. 말하기에도 바쁜데. 저는 말을 할 때 제 말을 제가 들으면서 해요. 특히 강연 중에는. 왜냐하면 우리는 아마 그 모습 그대로는 한 번만 만날 테니까. 그 순간만 일시적인 공동체가 될 테니까 두 번 다시 그 형태로는 못 모일 거고, 그러므로 가장 좋은 이야기를 해드리고 싶어요.

이: 피디님의 첫 책 『침대와 책』이 생각나요. 침대 근처에도 책이 불규칙적으로 놓여 있나요?

정: 침대 근처 책들은 정리는커녕 수십 권이 마구 쌓여 있어요. 요새는 읽은 책을 더 자주 읽어요. 좋은 책은 읽을 때마다 항상 다른 게 보이고 왜 예전엔 이걸 못 봤나 싶을

때가 많아요. 책은 저에게 오늘의 운세 같은 거예요. 좋아하는 책의 아무 페이지나 펼쳐서 그 문장으로 그날 하루의 힘을 얻어요.

이: 비교적 최근에 쓰인 책 중, 몇백 년도 더 가겠다고 짐작되는 책은 무엇인가요?

정: 쉼보르스카의 책을 좋아해요. 그녀는 부재와 존재에 대해서 예리한 감수성을 가지고 있어요. 부재할 수도 있었던 나로 사는 것의 가치에 대해서 늘 쉼보르스카와 함께 생각 중이에요.

이: 그 얘길 들으니 이탈로 칼비노의 문장도 생각나요. "그러나 그들 중 누구와도 나 자신을 바꾸지 않았을 것이다."

정: 쉼보르스카의 유고 시집 제목도 『충분하다』였잖아요. 제임스 조이스의 말처럼 죽을 때 나는 내 삶을 살아보지도 못했다고 후회하기 싫은 거지요.

이: 〈세상 끝의 사랑〉이라는 라디오 방송을 만드셨지요.

어떤 이야기인가요?

정: 모든 출연자가 재난참사 유족이고 진행자도 유족인 방송이었어요. 세월호 가족인 유경근 선생님이 진행자였고요. 팟캐스트에서 다시 들을 수 있어요. 이 방송에 대해서는 할 말이 산더미지만 가장 중요한 건 연대에 대해 진짜로 배웠다는 거예요. 연대는, 온갖 고통을 겪어낸 사람이, 자신이 겪은 고통을 다른 사람은 덜 겪도록 최대한 알려주는 것이더라고요. '너는 나보다 덜 힘들었으면 해. 그러니 내가 겪은 모든 걸 알려줄게.' 이게 연대예요.

특히 세월호 유가족인 유경근 선생님하고, 화성 씨랜드 참사 유가족인 고석 선생님이 이야기를 나누는 장면을 잊을 수가 없어요. 99년에 화성에 씨랜드 청소년 수련원 건물이 있었어요. 온갖 비리로 뒤엉킨 가건물이었어요. 소망유치원에서 애들을 데리고 거기로 갔어요. 근데 불이 나서 유치원 아이들과 강사 23명이 죽었어요. 불에 타서 시신 확인이 불가능할 만큼 참혹했어요.

방송에서 두 아버지가 이야기를 해요. 그 화재로 쌍둥이를 모두 잃은 고석 선생님 앞에서, 세월호 유경근 선생님이 고개를 숙이고 떨리는 목소리로 말을 해요. "우리 예은이는 일주일 뒤에 와서, 피부가 만지면⋯ 그 모습이 꿈에도 나오고 괴로운데, 그래도 제가 차마, 불에 타서 죽은 그 고통에 대해서는 상상도 못하겠습니다."

그런데 고석 선생님은 이렇게 말해요. "유독 가스를 마시면 순간적으로 의식을 잃어서 자기 몸이 불에 타도 타는 줄 모른대요. 그게 저의 유일한 위안이에요. 그런데 세월호 아이들은 의식이 있는 채로 그 고통을 다 겪어야 했잖아요. 우리 세월호 아이들은 얼마나 힘들었을까요."

이렇게 서로 얘기해요. 어떻게든 상대방을 위로하려고 말하기도 힘든 자기 고통을 말해요. 상대방이 나보다 더 힘들었을 거라고 말해요. 두 분이 나누는 마음은 '당신은 얼마나 힘든가요'예요.

그때 녹음실 스튜디오 밖에는 저를 포함한 스태프들이 있었을 거 아니에요. 우리가 다 고개를 숙이고 있어요. 숨소리도 못 내고요. 그 시간이 어떻게 흘렀는지 모르겠어요. 가슴에서 꺼내기 힘든 이야기를, 남에게 힘을 주고 싶어서 있는 힘을 다해 하고 계시니까요. 그런 걸 어떻게 잊겠어요. 제가 거기에 있었는데, 제가 잊으면 누가 기억을 합니까.

제가 이 이야기를 방송으로도 책으로도 잘 만들어서 유족들이 비난받는 일이 제발 멈췄으면 좋겠어요. 보상 더 받으려고 그러냐고, 시신 장사 하냐고, 그런 말 들을 때마다 정말 어떻게 해야 될지 모르겠어요. 우리 이러지 말자, 정말 이러지 말자, 계속 생각해요. 유족들이 이런 취급 덜 당하도록 애쓸 거예요. 온갖 방법을 쓸 거예요. 지금 슬아 씨랑 하는 이 인터뷰도 그 일환이에요.

이: 제가 최선을 다해 잘 옮길게요.

정: 나쁜 일이 반복되는 걸 막는 것만큼 괜찮은 일이 또 있을까요? 유족들이 말하는 '재난이 반복되지 않기를 바란다'는 말만 우리가 알아들어도 세상이 변한다고, 앞에서 제가 말했죠. 거듭 말하지만 저는 알아들으려고 있는 사람입니다. 나는 못 알아듣는 척하면 안 되는 사람이에요. 왜냐하면 그 현장에 있었잖아요. 최선을 다해야 되잖아요. 지금도 그래서 열렬하게 말하고 있어요. 슬아 씨도 이런 제 기분 알 거예요. 이렇게 열렬하게 말했는데 인터뷰를 대충 쓰지는 않을 거잖아요. 말하기와 듣기는 서로의 보이지 않는 에너지가 오고가는 과정이고 어쨌든 우리 인간은 무엇이 중요한지 덜 중요한지 알아듣느냐 마느냐로 인생의 중요한 이야기를 만들어가게 돼요.

이: 피디님, 저도 피디님 말을 알아듣는 저를 믿어요.

정: 저도 그럴 슬아 씨를 믿어요.

이: 엄청 힘이 센 말이네요. 강력한 약속이 되네요.

정: 사람은 약속이 필요하다니까요.

이: 저를 믿는다는 말을 진심으로는 안 해봤는데 피디님 때문에 저도 모르게 바로 응용했어요. 이러니까 무시무시한 책임감이 드네요. 미래의 나에게 하는 약속이어서요.

정: 저는 저한테 맨날 약속해요. 정말로 몇 가지 점에선 저를 믿게 되었어요.

이: 피디님. 저는 오늘 인터뷰에서 무얼 하고 싶었냐면, 아까 말씀하신 '시선의 이동'을 조금이라도 성공해보고 싶었어요. 정혜윤이라는 사람에게로요. 그런데 그러기가 너무 어려웠어요. 피디님이 해주는 다른 이들에 관한 이야기가 너무 압도적이어서요. 그걸 따라가기만 해도 놀라느라 정신이 없었어요.

정: 어쩌면 저는 지금 당장은 저한테 별로 관심이 없어요.

저는 이야기로 구성된 사람이에요. 너무 많은 중요한 이야기를 알아요. 그래서 처음 만났을 때 '나 건드리지 마. 중요한 이야기가 흩어지잖아'라고 말하는 듯한 모습인 거예요. 저는 남의 이야기를 많이 암기하고 있어요. 디테일까지요. 그래서 건드리면 안 돼요. 꼭 기억해야 할 것을 기억하는 중요한 증언자이고, 제 자체가 중요한 정보를 담고 있는 항아리이자 보물이에요. 그런데 채우려면 자기한테 자기가 좀 없어야 되잖아요? 저는 받아들이기 어렵지 않도록 제 속을 많이 비워두려고 해요.

이: 어떻게 그렇게 될 수 있었어요?

정: 라디오 피디이기도 했고, 시사 피디이기도 했고, 시사 피디 중에서도 취재를 아주 많이 한 피디이기도 했고, 결정적으로는 책을 좋아하는 피디였어요. 책이 뭐냐면 결국 어떤 목소리를 듣는 거예요. 책 속에는 목소리가 있어요. 저에게 책은 영상 지원이 아니라 음성 지원이에요. 책을 읽는다는 건 '이것은 중요한 이야기구나, 잊지 않는 게 좋겠어.' 이걸 배우는 과정이기도 해요.

이: 다른 사람의 이야기를 기억하는 일이랑 자기 자신을

지키는 일이랑 충돌할 때는 없나요?

정: 한때는 그러기도 했지만 요즘엔 없는 것 같아요. 예전에는 뭣도 없는데 중요해지고 싶었어요. 가장 사랑받는 사람이고 싶은 욕망이 왜 없었겠어요. 그런데 내 안에 뭐가 있어야 말이지요. 없는 걸 있는 척하고 살 수는 없었어요. '네가 네 생각에만 빠졌을 때에는 이 이야기를 한 번 떠올려 봐'라고 말하는 듯한 세계로 옮겨갔어요. 이동이 있었던 거예요. 저의 책 『뜻밖의 좋은 일』에도 썼지만, 자기를 지켜야 할 때도 있는 반면 자기를 퍼줘야 할 때도 있어요. 퍼주는 사랑, 계산 없는 사랑, 관대한 사랑, 무조건적인 사랑, 보상 없는 사랑, 셈이 맞아떨어지지 않는 사랑도 필요해요. 사랑을 한다는 것은 나 아닌 어떤 사람이 아주 중요하게 느껴지는 경험이잖아요.

옛날에 콜트콜텍이나 쌍용자동차 투쟁 현장 가면 그런 말을 많이 들었어요. "피디님 같은 분이 있어서 저희가 삽니다." 처음엔 그 말 듣고 민망해서 "뭐예요" 하고 긁적긁적 했는데 그건 저를 향한 말이 아니었어요. 사방천지에 모두가 비난하는 말만 들릴 때 비난하는 말을 하지 않는 어떤 한 사람이 있다는 것은 곤경에 빠진 사람을 살게도 해요.

글쓰기는 흔히들 자아표현이라고 하는데 저는 좀 생각이 달라요. 저한테 글쓰기는 자아 형성, 자아 해방, 자아 이동인 듯해요. 누가 나보다 나은 생각을 하고 있다면 그게 얼마나 좋은 생각인지 감탄하게 되고 동시에 저한테는 절망하지요. 감탄과 절망, 이 둘 사이를 오락가락 하면서 새로운 내가 만들어지는 듯도 해요. 새로운 세계로 옮겨가는 듯도 하고요. 결국 좋은 책은 유혹이자 권유이고 초대예요. '우리, 이렇게 살자! 우리 저리로 가자!'

호시노 미치오라고 알래스카의 자연을 촬영한 사진작가가 있었어요. 그 사람은 여기저기 돌아다니면서 야영을 많이 해요. 추우니까 습관적으로 모닥불을 피워요. 무심코 야영지에서 불을 피우는데 어떤 할머니가 와서 호시노 미치오에게 물어 봐요. 지금 뭐하고 있냐고. 호시노 미치오는 불을 피우고 있다고 대답하지요. 그러니까 할머니가 한마디 해요.

"미치오, 그렇게 추워?"

저는 그 말이 그렇게 좋을 수가 없어요. 그 지방에선 나무가 귀하거든요. 더 추워지면, 사람들에게 그 나무가 더 절실하게 필요하겠죠. "그렇게 추워?"라고 물으면 순식간에 쪼그라들지요. 저도 가끔 저에게 물어요. "그렇게 힘들어?" 그럼 저절로 이 대답이 나와요. "그렇게는 아니고." 그러니까 "그렇게 추워?"도 저를 형성한 말 중에 하나예요.

이: 그래서 힘들다는 말을 안 하시는 거군요.

정: 네, 안 하려고 해요. 이건 저하고 한 약속이에요.

이: 누가 '그렇게 힘들어?'라고 물어보면 갑자기 염치라는 게 생길 것 같아요. 내가 필요 이상으로 징징댔구나, 이럴 때가 아니구나, 하고요.

정: 세상에서 유일하게 중요한 게 나뿐이라면 곤란할 것 같아요. 내 속은 내가 알잖아요. 뻔히 아는 내가 있는데, 나의 별로인 모습을 내가 다 아는데 온 세계가 나 하나로 축소되면 안 되잖아요. 정말 슬픈 건 영혼 없이 서로를 대하는 거예요. 내가 유족한테 배운 것이 "너는 그런 일을 당하지 마라." 하는 마음이잖아요. 내가 좀 더 슬퍼해서 이 분들께 좋은 일이 생긴다면 굳이 피해야 할까요? 내가 슬프지 않은 게 다른 무엇보다 중요하지는 않아요. 물론 가슴이 진짜 아프죠. 혼자서 울죠. 그래도 알아요. 내가 통과하면 다른 누군가에게는 더 나은 일이 생길 수 있다는

걸요.

이: 인터뷰를 많이 하시잖아요. 다른 분들의 이야기를 듣다가도 많이 우시나요? 오늘 제가 그랬던 것처럼요.

정: 아주 많이 울어요. 진심으로 마음이 아프니까요. 같이 울면 그 사람이 좀 더 가깝게 느껴지고, 둘 사이의 벽이 허물어지는 것 같아요. 그냥 깨끗해져요. 뭔가를 같이 느끼는 것은 좋은 것 같습니다. 서로 좀 투명해지고요. 제가 달리기를 좋아한다고 했죠. 전력질주를 하면 깨끗한 기분이 들어요. 그때는 자잘한 계산이 없어요. 뛰면 뛰는 거고 말면 마는 거죠. 그 깨끗한 마음의 상태가 제일 좋아요.

이: 뭐라도 해주고 싶다는 말이 전력을 다하고 싶다는 마음으로 느껴지는데요. 타인에게 느끼는 연민이나 이타심이 그토록 깨끗할 정도로 확실하게 드는 경우가 자주 있다는 게 놀라워요.

정: 연민 아니에요. 이타심도 아니에요.

이: 그럼 무엇이에요?

정: 깨끗이 존경하는 거예요. 저는 연민으로 잘 못 움직여요. 저를 움직이는 가장 큰 힘은 존경심이고 감탄이에요. 그들은 슬프기는 하지만 불쌍한 사람들은 아니에요. 저보다 훨씬 괜찮고 위대한 사람들이에요. 우리는 유족들을 불쌍하다고, 안 됐다고 착각해요. 절대 아니에요. 너무 슬프지만, 사람이 저렇게까지 용감할 수 있구나, 저렇게까지 깊을 수 있구나, 하는 존경과 감탄이 저를 움직이는 거예요. 사실 저 이타심 별로 없어요. 이렇게 생각하는 게 저한테 역시 좋은 일임을 아는 거죠. 어디에 샘이 있는지 아는 동물처럼,

이: 저는 지금까지 이타심으로 움직여야 한다고 생각했어요. 제가 드린 질문이 부끄러워요. 존경에 대한 경험치가 별로 없다는 걸 알게 돼서요.

정: 저는 존경할 수 있는 사람을 진심으로 좋아해요. 닮고 싶어요. 내가 좋아하는 사람들의 얼굴에서 내 얼굴을 찾고 싶고요. 책도 거울이에요. 책에서 얼굴을 찾을 수 있어요. 책에 얼굴을 비춰볼 수 있어요. 책을 읽는 것은 샤워하거나 세수하는 것과도 같아요. 몸이 아니라 영혼을.

이: 잘 해볼게요. 피디님, 제가 약속한 시간보다 너무 오래 붙잡았어요. 이제 보내드릴게요. 저한테 에너지를 너무 많이 쓰셨어요.

정: 어쩐지 졸리더라. 계산은 어떻게 하지요?

이: 당연히 제가 내지요. 지옥에는 제가 갈게요.

정: 하하하. 카드 지옥이요?

이: 네, 카드 지옥에는 제가 가요. 피디님은 집에 가세요.

정: 그래요. 안녕!

이: 안녕!

—

정혜윤 피디님이 총총 멀어져갔다. 그와 헤어지고 집에 돌아오는 길에 진이 다 빠졌다는 것을 알았다. 이야기는 그가 다 했는데 왜 나의 진이 다 빠지는가.

그가 이야기로 이루어진 사람이기 때문일지도 모른다. 모든 이가 그렇지만 그는 특히 더 그렇다. 중요한 이야기들을 너무나도 많이 기억하고 있다. 그런 사람이 엄청난 집중력으로 이야기를 들려주었기 때문에 나는 이야기의 무게를 잠깐 나눠가진 것이다. 세 시간 동안 쉬지 않고 이야기를 나눠도 아직 다 들려주지 못한 이야기가 그의 몸 안에는 산과 강과 구름만큼 남았을 것이다.

정혜윤 피디님의 입에서 흘러나온, 만나보지 못한 사람들의 이야기로 나는 가슴이 아팠다. 하지만 우리는 헤어졌고 그와 나의 저녁은 다를 것이다. 내 저녁은 유경근 선생님과 고석 선생님의 저녁과도 아주 많이 다를 것이다. 내가 당연히 누리는 것을 못 누리는 이들이 같은 땅에서 살아간다.

그 사실이 미안하다는 말을 이해할 수 있었다.

가방을 풀고, 녹취록을 백업하고, 그가 했던 말 중 아주 중요했던 것을 다시 적다가 샤워를 했다. 따뜻한 물을 맞으니 몸이 노곤해져서 습관적으로 중얼거렸다.

"아, 힘들다."

그런데 등 뒤에서 호시노 미치오를 부르던 알래스카 할머니의 목소리가 들려오는 것 같았다.

'그렇게 힘들어?'

나는 부끄러워서 손사래를 치고 싶었다. 아니라고, 다시 생각해보니 그렇게 힘들지는 않다고 말하고 싶었다.

그래서 이렇게 다시 고쳐 말했다.

"아, 고마웠다."

그는 글쓰기를 자아 표현이 아니라, 자아의 형성이자 해방이자 이동이라고 말했다. 글쓰기의 방향을 잃을 때마다 어째서 내가 정혜윤 칸 앞에 섰는지 나는 이제야 이해하겠다. 자아 표현에 그치는 내 글에서 벗어나고 싶었던 것이다. 언젠가는 시선의 이동과 확장에 성공해보고 싶어서 본능적으로 몸을 움직였던 거다. 샘이 어디에 있는지 아는 동물처럼. 바로 저기야. 저 쪽 세계로 가자, 이렇게 말고 저렇게 살자, 하고 스스로에게 말했던 거다.

책 안에서도 바깥에서도 정혜윤이라는 사람에 대해 몇 번이나 감탄하고 동시에 이슬아라는 사람에 대해 몇 번이나 절망했다. 감탄과 절망. 이 둘 사이를 오락가락하면서 새로운 나를 향해 간다.

이슬아 × 김한민

2019.05.04.

내가 얼마나 많은 영혼을 가졌는지

이렇게 시작하는 소설이 있다.

Monday

me.

Tuesday

me.

Wednesday

me.

Thursday

me.

폴란드의 작가 비톨트 곰브로비치의 소설 『일기』의 첫 장이다. 월요일, 나. 화요일, 나. 수요일, 나. 목요일, 나… 그야말로 만날 나뿐인 것이다. 비대한 자아가 어느 요일에나 반복되고 있음을 말하며 이야기가 시작된다. 한국의 작가 김한민은 이 문장들을 짚으며 최고의 소설 오프닝인 것 같다고 말했다. 내가 너무 나였음을, 그저 나이기만 했음을 직시하게 만든다고. 그는 현대의 경제를 이코노미(economy)라기보다는 이고노미(egonomy)라고 부르는 게 더 어울릴 거라고 말하기도 했다.

어떤 토요일에 김한민을 만나러 갔다. 월화수목금요일의 이슬아가 지겨웠기 때문이다. 하루라도 살짝 김한민이 되어보고 싶었다. 어쩌면 나는 이미 3%쯤 김한민일지도 몰랐다. 그가 쓴 책을 읽고 비건 지향 생활을 해나가는 중이었기 때문이다. 많은 책을 읽어왔지만 그중 어떤 것도 내 식습관과 소비생활을 송두리째 바꾸지는 않았다. 김한민의 책은 작고 얇고 가벼운데도 내 일상을 크게 흔들었다. 남에 관한 책이었다. 남 중에서도 유독 광범위하고 잔혹하게 고통받는 타자에 관한 책이었다. 거기 쓰인 이야기들이 나에겐 현재 지구에서 가장 절실한 문제로 다가왔다. 책의 마지막 페이지를 덮은 날부터 시행착오를 거듭하며 일상을 재정비했다. 김한민의 방법들을 적극 참고하여

나의 매뉴얼을 만들어나가는 과정이었다. 단순히 고기를 먹지 않는 것뿐만 아니라 나와 세계의 연결감을 다시 감각하는 일이었다. 그 연결의 감각을 더 자세히 배우고 싶어서 김한민을 만나러 가기로 한 것이다.

내 서재에는 그의 만화책과 번역서가 여러 권 있다. 스무 살 무렵부터 읽어온 것들이다. 세상에 출간된 그의 저서를 모두 합치면 스무 권도 넘는다. 그를 소개할 때에는 많은 단어가 필요하다. 만화가이자, 글 쓰는 저자이자, 번역가이자, 페르난두 페소아 연구자이자, 잡지 「1/n」 편집장이자, 씨 셰퍼드 멤버이자, 비건이자, 활동가인 김한민. 그에 관한 자료를 모으며 여러 명의 사람을 탐구하는 느낌이 들었다. 거의 여섯 명의 남자 같았다. 그가 번역한 페소아 시집의 제목인 『내가 얼마나 많은 영혼을 가졌는지』는 바로 자신에 관한 문장 같기도 했다. 그의 빛나는 만화들에 대해서만 이야기해도 두 시간은 짧을 터였다. 하지만 작가로서의 집필 말고도 그는 아주 많은 일을 하며 수많은 타자들을 향해 눈길을 돌리고 있었다. 이럴 때 나는 마음이 급해진다. 시즌 7까지 나온 명작 드라마를 너무 늦게 알아버린 사람처럼 행복하게 서두른다.

그리하여 어느 토요일 아침 통의동에 있는 김한민의 사무실에서 그와 나는 마주앉았다. 물어보고 싶은 게 많아

질문들 속에서 길을 잃을 확률이 높았다. 만나자마자 질문지를 손에서 내려놓았다.

—

이: 김한민 작가님 인터뷰를 준비하면서 좀 행복했어요. 워낙 다작을 하셔서 미리 읽어보며 공부할 자료가 많았으니까요. 페르난두 페소아를 쫓아가는 연구자이자 번역가인 김한민 보다, 김한민을 쫓아가는 이슬아가 상대적으로 운이 좋은 것 같습니다. 동시대인이니까요. 작가님과 동시대인이어서 정말 좋다고 느꼈어요.

김: 그냥 한민 씨라고 불러주세요. 그게 편해요. 저도 슬아 씨 책 조금 봤어요.

이: 감사합니다. 그런데 한민 씨 책을 읽으면서 점점 스스로가 답답해지더라고요. 제가 저의 반경 1킬로미터 정도밖에 못 쓴다는 점이요.

김: 카프카도 그랬는데요, 뭐. 물리적인 반경은 오히려 작을수록 좋은 거예요. 탄소배출량도 적고.

이: 페르난두 페소아도 여행 별로 안 했잖아요.

김: 그러니까요. 안 했는데도 그렇게 쓰죠.

이: 한민 씨께서는 최근 어떤 일로 바쁘셨는지 궁금해요.

김: 스스로 필터링을 잘 해야겠다는 생각이 들었어요. 책을 쓰는 일로 쓰레기를 만들지 않도록 더 엄격해져야겠다고. 최근에는 환경 운동에 시간을 많이 썼어요. 아직 갈 길이 멀지만. 혹시 인터뷰라는 말에 대해 생각해보셨어요?

이: 네? 인터뷰요?

김: 네. 인터(inter)는 '상호', 뷰(view)는 '보다'잖아요. 우리 사이의 상호 작용을 보는 거예요. 쉽게 말해 서로 간보기를 하는 거예요.

이: 아.

김: 저는 일방적인 인터뷰가 싫어요. 유명인이 질문을 받기만 하고 건네지는 않는 경우요. 기자에 대해서는 아무

관심도 없고요. 물론 슬아 씨가 기자는 아니지만. 아, 어쩌면 〈일간 이슬아〉의 기자라고 할 수 있겠네요.

이: 충실한 리포터지요.

김: 네. 보통 리포터에 대해서 사람들은 관심이 없잖아요. 오늘 같은 인터뷰는 특수하죠. 참된 의미의 인터뷰가 여기서 일어날 수도 있어요. 〈일간 이슬아〉 덕분에 사람들은 질문자인 슬아 씨에게도 관심을 가지니까요. 저는 그런 게 좋아요. 둘 사이의 긴장감을 보는 게 진짜 인터뷰예요. 불편한 질문이 나오는 것도 중요하다고 생각해요.

이: 한민 씨가 『아무튼, 비건』에서 인용했던 철학자 레비나스의 말이 인상적이었어요. '얼굴의 윤리학'에 대해서 이야기하셨지요. "얼굴은 하나의 명령"이라고요. 얼굴이 하는 말, "나를 사랑하라, 나를 죽이지 마라, 형제여, 자매여…" 모든 얼굴이 그렇게 말한다고요. 그러므로 얼굴 있는 것을 먹는 꺼림칙함을 우리는 본능적으로 안다고 쓰셨어요. 우리가 먹는 음식도 한때 얼굴이 있었던 존재라는 걸 환기하게 돼요.

김: 그런 말 있잖아요. "얼굴 보고 말해." 진짜 강력한 말이에요. 어떤 존재들끼리 눈과 눈이 마주치면 도저히 할 수 없는 말과 행동들이 있거든요. 우리가 동물의 얼굴들만 인식해도 완전히 달라지죠.

이: 그래서 얼굴 있는 것들은 먹지 않으신다고요.

김: 네, 최소한.

이: 저도 그 최소한의 원칙을 따라서 비건 지향 생활을 실천한 지 몇 달이 지났어요. 한민 씨의 『아무튼, 비건』은 저희 집에서 조용한 변화를 일으키고 있답니다.

김: 그래요?

이: 스스로를 '~주의자'라고 말해본 적이 없어요. '~ism'은 되게 두렵고 부담스러운 선택이니까요. 어쩌다 광화문 시위에 나가도 최대한 구석에 서는 사람이고요. 구호를 외치는 게 부끄러워서요. 그런데 올해부터는 스스로를 비건이라고 말하게 되었어요. 한민 씨가 쓴 『아무튼, 비건』을 읽고 비건 지향 생활을 시작했기 때문이지요. 예전엔 비

건에 대해 유난스러운 사람들이라는 편견이 있었어요. 하지만 지금 공장식 축산/수산이 어떻게 돌아가는지 조금만 들여다봐도, 정말 아주 일부만 목격해도 더 이상 이전과 같은 마음으로 고기를 먹을 수는 없게 되지요. 비건이라는 정체성이 여전히 어색해서 소심하게 말하기는 하지만, 축산과 수산 현장에서 매일 벌어지는 고통의 범위와 양에 비하면 제 민망함 정도는 아주 보잘것 없다는 생각이 들어요. 어떤 일을 해야 하는 아주 명확한 이유를 한민 씨 덕분에 찾게 돼서 감사하다는 말씀을 꼭 드리고 싶었어요.

김: 저도 정말 감사해요.

이: 어쨌든 비건을 하면 할수록 나 혼자만 한다고 되는 게 아니구나 싶어서 한민 씨 강연에 저희 엄마 복희 씨를 데려갔죠. 그날 한민 씨 이야기 듣고 엄마가 저보다 더 엄격한 비건이 되었습니다.

김: 아, 진짜요? 대단하다. 너무 멋지네요.

이: 모든 요리에 비거니즘을 실천하고 계세요. 국물까지도 다 채수를 내시고요. 채소 요리에 스펙트럼이 굉장히

넓다는 것을 몸소 보여주시죠. 복희 씨의 밥상이 정말 맛있어요. 맛 때문에 비건한다는 말을 이해할 수 있어요. 같이 먹는 아빠는 난데없이 이게 무슨 일인가 싶겠죠. 별말없이 함께 먹어주지만요.

김: 아버지께서는 이 무슨 청천벽력 같은 소리인가 싶으실 수도 있겠죠. 하하하. 어머님께서 너무 멋지네요.

이: 작년에 〈동축반축(동물 축제 반대 축제)〉을 기획하셨다고 들었어요. 그 멋진 축제를 뒤늦게 안 게 아쉽더라고요. 올해도 여시나요?

김: 네. 크게는 '동물의 사육제'라는 행사인데 작년 주제가 '동축반축'이었어요. 올해 주제는 달라요. 안 그래도 슬아 씨 초대하고 싶었어요. 뭔가 같이 할 수 있으면 좋을 것 같아요. 올해 주제는 '쓰동시'예요.

이: 쓰동시?

김: '쓰레기와 동물과 시'. 행사에서 백일장을 열 거예요. 이미 아시겠지만 해양 생물들이 바다 쓰레기 때문에 신음하고

많이 죽잖아요. 그게 안타까워서 우리가 쓰는 플라스틱이라도 어떻게 좀 줄이는 운동을 하고 있고, 올해 행사에서는 백일장 형식으로 쓰레기와 동물에 대해서 다루려고요.

이: 평소에 어디에서 무얼 드시며 지내시나요?

김: 저는 출근을 하니까 주로 이 경복궁 근처에서 먹어요. 여긴 비건하기 좋아요. 오래된 동네이다 보니 한식집이 많은데, 한식 자체가 원래 훌륭한 비건 식문화죠. 예전에는 고기가 부족했으니까 채소 요리가 풍부하게 발전되어왔고요. 경복궁 근처 한식집에 가면 간단하게 뭐만 빼달라고 요청하면 되는, 아니면 아예 안 빼고도 먹을 수 있는 메뉴들이 있어요.

바쁠 때는 밖에서 먹지만 휴일에는 집에서 해먹으려고 해요. 뚝딱 할 수 있는 간단한 음식들 위주로요. 가능하면 최소한으로 먹고 싶어요. 헬렌 니어링 식의 소박한 밥상을 좋아해요. 지나친 요리는 안 하려고요. 너무 많이 가공하지 않는 게 영양학적으로도 좋고 만들기 편하기도 하고 설거지도 적죠. 물론 재료에 따라서 다르지만요. 토마토는 조금 열을 가하는 게 좋을 때도 있지만 많은 재료들이 가공을 안 할수록 좋지요. 그런 걸 알아가는 게 재미있어요.

어떻게 먹어야 하는지에 대해서요. 동물성 식품이 제외되니까 메뉴 선택지가 좁아지는 대신에 깊이가 있어졌죠. 깊이가 있어지니까 다시 넓어지기도 하고요.

이: 그런데 선택지가 줄어들었다는 것을 느끼며, 저는 이상하게 기분이 좋더라고요.

김: 네, 저도요.

이: 왜냐하면 모든 게 너무 과잉되어 있으니까요.

김: 맞아요.

이: 식사 시간만 되면 딱 명료해지는 게 있어요. 주어진 게 별로 없는 상태에서 하는 선택.

김: 이 시대에 대해 자주 생각하는데, 무엇을 안 하느냐가 굉장히 중요한 시대인 것 같아요. 너무나 많은 가능성들이 있으니까요.

이: 정말 그래요.

김: 예를 들어서 장거리 연애를 한다고 생각해봐요. 그 관계에서 중요한 건 문자를 언제 '안 보내느냐'인 것 같아요. 왜냐하면 수시로 연락을 할 수 있는 환경이니까. 안 한 연락이란 전부 '할 수 있었는데도 안 한 연락'이 되는 것이죠. 충분히 할 수 있었는데 왜 안했냐고 타박하기 시작하면 끝이 없죠. 정혜윤 피디가 언젠가 카뮈의 말을 전했는데, 천재란 절제할 줄 아는 사람을 말하는 거래요. 그 친구는 책 이름과 워딩을 정확히 기억하니까 전화하면 바로 알려줄 텐데.

이: 그러게요. 그 분은 책을 외우고 다니시잖아요.

김: 아무튼 이 시대에서는 누구나 절제를 해야 한다고 생각해요. 선택지와 가능성이 너무 많아졌기 때문에 스스로 능동적으로 절제하는 거요. '나는 적어도 이것은 하지 않겠어'라고 결정하는 게 제가 『아무튼, 비건』에서 하고 싶었던 말이에요. 언뜻 거부처럼 보이지만 사실은 훨씬 더 연결되고 싶어서 하는 행동이에요.

이: 제가 최근에 신문에 기고했던 글과도 비슷한 이야기라서 반가워요. 무엇에 접속하느냐 보다 무엇을 차단하느냐가 더 중요한 때라고 생각해요.

김: 네, 네.

이: 롱디 연애에서도 문자를 가능할 때마다 수시로 하지 않는 게 왜 중요하냐면, 그게 바로 '그리워하려는 의지'이기 때문이에요.

김: 맞아요.

이: 기구하게도, 그리워하려면 의지를 발휘해서 일부러 연락을 안 해야 하는 시대니까요. 모든 연락망이 손 가까이에 있으니까요.

김: 정확히 맞아요. 그리움을 간직하기 위해서이기도 해요. 지속하기 위해서이기도 하고요. 슬아 씨 책 보면 어머니와의 관계가 많이 표현되어 있던데요. 저희 어머니는 젊었을 때 프랑스에서 유학을 하셨어요. 그때는 훨씬 어려웠을 것 아니에요. 당연히 스카이프도 없고, 연락망도 거의 없었을 텐데요. 유학 1년 만에 가족이랑 첫 전화 통화를 했대요. 어렵게 공중전화 부스에 가서 겨우 모은 돈과 겨우 맞춘 타이밍으로 전화를 건 거죠. 그렇다고 저희 어머니가 외할머니를 덜 사랑한 것은 아니잖아요. 비둘기나

파발마로 마음을 실어 보내던 시대를 생각할 때가 있어요. 그동안 매체가 완전히 변해왔죠.

우리는 스마트폰을 하나의 도구라고 생각해요. '스마트폰은 가치중립적이야. 우리가 이걸 어떻게 사용하느냐에 달려 있어.' 하지만 그렇지 않죠. 도구는 우리를 형성해요. 스마트폰이 우리의 인식과 신체를 재형성하죠. 기계와 매체가 우리의 팔딱팔딱한 이 마음을 어떻게 만들어가고 있는가 생각하면 정말 무서울 정도예요. 마음의 '지속'이 갈수록 어려워지고요.

아주 쉽게 할 수 있는 것을 누군가가 안 할 때, 그 이유에 귀를 기울일 필요가 있어요. 저희 형은 아직도 스마트폰이 없어요. 그리고 저는 카톡을 안 해요. 이런 얘기를 하면 많은 이들의 첫 반응은 "왜 안 해? 귀찮게"예요.

이: "왜 안 해? (내가) 귀찮게"로 들리는데요. 카톡을 안 쓰는 당사자의 귀찮음 말고, 그에게 다른 방식으로 연락해야 하는 자신의 귀찮음 말이에요.

김: 그죠. 사실은 자기가 귀찮은 거죠. 누가 뭔가를 안 한다고 했을 때 그 이유를 정말로 궁금해하거나 존중하는 경우가 많지 않아요. 어떤 작가는 비행기를 안 탄대요. 해외

에서 전시 초청이 와도 안 가요. 탄소 배출을 늘리는 데 가담하고 싶지 않아서요.

이 : 스마트폰을 안 쓰신다는 한민 씨의 형, 김산하 박사님의 책과 인터뷰도 거의 다 찾아 읽었어요. 너무 좋더라고요. 한국 최초의 영장류 박사시잖아요. 그 분이 쓰신 『비숲』도 아름다운 책이었어요.

김 : 저도 되게 좋아해요. 『비숲』.

이 : 형제인 두 분이 함께 작업하신다는 게 신기했어요. 산하 박사님이 쓴 글과 한민 씨가 그린 그림으로 여러 책을 내셨잖아요. 이 형제의 성장 과정이 궁금했어요. 총 4남매로 알고 있는데요, 어떤 집안 분위기 속에서 이런 예술가와 학자 들이 만들어졌을까요.

김 : 아마 분위기가 좀 다르긴 했을 거예요. 슬아 씨 만화책을 보니 남동생이 되게 재미있게 등장하더라고요. 갑자기 나타나던데요. 마치 없었던 것처럼.

이 : 맞아요, 하하하.

김: 그 부분이 진짜 재미있었어요. 처음엔 없었는데 돌아보니까 어느 날 갑자기 생겨난 것처럼 그려져 있는데, 뭔가 포르투갈 영화적이었어요. 반대로 유년기의 슬아 씨가 얼마나 어머니와의 관계에만 완벽히 몰입하고 있었는지를 여실히 보여주는 장면이기도 하죠. 슬아 씨는 동생 분이랑 같이 작업하지는 않나요?

이: 저는 남동생인 이찬희랑 종종 음악을 같이 해요. 공연을 다니기도 하고요. 동생은 음악을 만드는데요. 그가 만든 음악을 제가 부르는 식이에요. 합주실에서 티격태격하죠. 연년생인데다가 생긴 게 많이 닮았어요.

김: 저도 형이랑 되게 많이 싸우는데, 사실 동료 작업자끼리 싸우는 건 기본이죠.

이: 부모님의 일 때문에 스리랑카와 덴마크에서 유년기를 보내셨다고 읽었어요. 한민 씨의 거의 모든 책이 한국 특유의 어떤 것을 잘 간파한다는 생각이 들어요. 정확히는 한국 특유의 이상한 점들을요. 유년기를 외국에서 보내서 가질 수 있는 시각일까 궁금했어요. 한국에서 태어나 산다는 것에 어떤 의미를 두고 계시나요.

김: 사실 얼마나 자주 도망쳐왔는지 몰라요. 차라리 한국을 전면적으로 증오하고 싫어했다면 진작 다른 나라에 정착했을 것 같아요. 그런데 이상하게 자꾸 돌아오게 되었어요. 여러 가지 이유로요. 한국에서 사는 것은 매일이 도전이에요. 저는 다 떠나서 무례한 건 참을 수가 없거든요. 한국에서는 무례한 일들을 매일 매일 마주해요. 남에 대한 배려가 너무 없어요. 사람들이 원래부터 그랬을 리는 없잖아요. 정말 그렇게 생각하고 싶지는 않아요.

사람들을 그렇게 만드는 것을 저는 자본주의라고도 안 하고 천민자본주의라고 불러요. 어렸을 때 저희 아버지께서는 '지금 좀 못 살아서 그렇지, 조금만 잘 살면 경제가 해결해주지 않겠냐'고 말씀하셨어요. 그런데 경제가 도약해도 같이 도약하지 않는 태도들이 있죠. GDP가 올라간다고 해결될 문제는 아니고, 삶의 어떤 가치관이 바뀌어야 하는 문제예요. 돈의 문제가 아니죠. 나누고 배려하는 사람들이 꼭 경제적으로 여유로운 사람들인 것도 아니고요. 그런데 비건 이야기를 하면 이런 반응이 돌아와요. '그거는 돈 있고 여유 있는 사람들이 하는 거지.' 그런데 제가 만난 비건들 중 여유 있는 사람 없어요. 자기 삶 사느라 빠듯한 와중에 비건까지 하겠다고 애쓰는 사람들이 훨씬 많았죠. 어떤 주제에 반박하기 위해 취약 계층을 끌어다가 인용하는 사람들이 싫어요. 제가 동물권을 얘기하면 이렇게 문죠. "넌 아프리카 애들은 생각 안 해?"

되게 지치는 날도 있지만, 다음 날 일어나면 저는 이상하게 약간 명랑해져있어요. 진짜 좋았던 독서 경험 중 하나가 로맹 롤랑의 『장 크리스토프』예요. 고등학교 때 푹 빠져 있던 책인데요. 베토벤을 모델로 한 이야기에요. 장 크리스토프의 삶은 불운의 연속이거든요. 어느 최악의 날을 겪고 난 다음 날, 그는 자기도 모르게 휘파람을 불고 있는 자신을 발견해요. 하하하. 저도 그럴 때가 있어요. 별 일을 다 겪고 난 다음에도 아침에 무의식적으로 콧노래를 부르게 되는. 그런 생의 활기는 어디에서 나올까. 마치 연어가 물을 오르는 것처럼.

이: 아침마다 명랑해지시는군요. 마음은 날마다 새로 태어나기도 하니까요.

김: 맞아요. 실제로 다시 태어나죠. 세포들도 다시 태어나고요. 그런데 여전히 이 나라에서 사는 게 벅차서 도망가고 싶기도 해요. 이탈로 칼비노가 말했듯, 이 사회가 지옥처럼 느껴질 때가 있는데 그럼 지옥이 아닌 공간을 만들어야 하잖아요. 지옥 같지 않은 사람들도 많을 테니까. 그런

이들과 연결되고 그런 장소를 많이 만들어 나가야겠다는 동기로 움직여요. 그게 제가 2019년 한국에서 사는 과정이에요. 저는 적어도 제가 어딜 가야 불이 붙는지는 아는 것 같아요. 어떤 책을 봐야 하는지. 뭘 멀리해야 하는지. 혹은 너무 불이 안 붙으면 도망가야 한다는 것도 알아요.

이: 『아무튼, 비건』에는 「질문들」이라는 챕터가 있어요. 비건에게 쏟아지는 질문들에 어떻게 대답할지 가이드를 주는 챕터죠. 그 부분이 정말 유용했어요. 저처럼 이론으로 무장하지 않고 비거니즘을 시작한 사람들은 여러 질문들 앞에서 어버버하기가 쉽거든요. 웬만한 예상 질문들을 다 모아놓으셨더라고요. 무례한 질문들 속에서 아주 많은 짜증을 극복하며 완성된 챕터라고 짐작했습니다.

김: 아직 백 퍼센트 극복했는지는 모르겠어요. 어쨌든 많은 사람들이 저와 비슷한 마음으로 비거니즘을 해나가고 있다고 생각해요. 그들이 무례한 상황을 마주할 때 대신 싸워주지 못해 안타까운 마음이 있어요. 외국 사회도 마찬가지지만 특히 한국 사회는 아직까지 남성 사회라서 어느 정도 나이가 있고 남자에다가 키가 큰, 저 같은 사람들에게는 함부로 굴지 않아요. 그런 못된 인간들이 많죠. 체

격이 작고 어린 사람들한테는 아무 질문이나 해도 되는 줄 아는 사람들이요. 얼마나 무례한지 몰라요.

「질문들」이라는 챕터는 제가 실제로 받은 질문들뿐 아니라 다른 비건들이 저에게 전해준 무례한 질문들을 상상하면서 쓴 것이기도 해요. 제가 만약 그 자리에 있었다면 "나와 봐. 대신 싸워줄게" 이렇게 해주고 싶은 상황이 많아요. 특히 십 대 비건이 학교라는 제도권 권력구조 안에 있을 때 구닥다리 영양 상식을 가진 교사가 그 학생을 어떻게 대하는지 이야기를 들으면요. 그 고등학교에 내가 찾아가야 되나, 차라리 내가 학부모였으면 좋겠다, 라는 생각마저 들어요. 보스가 자기 직원한테 채식한다고 뭐라고 하는 사례도 마찬가지고요. 하지만 진짜로 대리전을 할 수도 없고. 그래서 커뮤니티를 만들고 싶은 거죠. 비건 페스티벌에 참가하는 것도 그 일환이고요. 적어도 무기 창고가 어딘지 알고 찾아올 수 있게. 레지스탕스처럼. 'M16 하나 줄게, 가서 싸우고 와, 우리가 지원할게' 하는 커뮤니티 같은 거요.

이: 비건이 어떤 질문을 주로 듣는지 들어보면 이 사회의 지형이 드러나더라고요. 예를 들어서 뚱뚱한 여자애가 비건일 경우, "너는 야채만 먹는 데 왜 이렇게 뚱뚱해?"라고 묻죠. "비건 맞아?"라고 물어보기도 하고요. "사실 몰래

고기 먹는 거 아니야?" 반대로 약간 체격이 작은 남자 십대 비건의 경우에도 좀 특수한 질문들을 받죠. 남성성의 결여로 받아들여지고요.

김: 맞아요. 성 차별적인 것들 되게 많아요. 완전히 스테레오 타입에 의거한.

이: 잘 싸우시는 편인가요?

김: 저희 집은 싸움을 통해 단련된 가족이었던 것 같아요. 토론과 말싸움이 잦았죠. 치고받기도 했고요. 어쨌든 갈등 회피형 가족은 아니었어요. 무엇보다 갈등을 회피할 공간이 없었어요. 너무 좁은 집에 여섯 명이 우글우글 함께 지냈죠. 슬아 씨네 가족은 네 명이었겠죠? 저희는 거기에 두 명이 더 많았어요. 문제가 있으면 그걸 풀려는 의지들이 다들 강했고요. 갈등을 마주하면 갑자기 되게 차분해지면서 이야기를 시작했죠.

외면하는 기술과 반응하는 능력

"넌 한국 사람들이 뭘 믿는다고 생각해?"

미처 생각해본 적 없는 질문에 머뭇거리는데, 친구는 이미 멋진 답을 준비해두고 있었다.

"우리가 믿는 건 신도 아니고, 국가도 아니고, 가족, 친구, 학벌, 돈, 부동산, 성공도 아냐. 이 모든 것보다 더 근본적이고 광범위하게 퍼져 있는 건 '세상은 안 변한다'는 믿음이야. 어차피 나 혼자 애쓴다고 변하는 건 없으니 남들 따라 편하게 적당히 즐기다 가자는 주의. 복잡하고 골치 아픈 사회문제는 나에게 직접적으로 피해를 주지 않는 한 최대한 외면하는 태도, 뭔가 바꿔보려는 사람에게 '네가 얼마나 잘났길래'라며 멸시하는

반응. 모두 우리 사회에 깊이 뿌리내린 이 믿음에 기반

하는 거야."

– 김한민, 『아무튼, 비건』, 40쪽

—

이: 한민 씨에겐 음식을 남기지 않는다는 원칙이 있다고

하셨지요. 함께 식사하는 사람이 남긴 고기는 어떻게 하시

나요?

김: 아직도 해결 못한 문제예요. 동물을 그렇게 고통스럽

게 살게 하고 죽게 한 뒤에 결국 쓰레기통으로 버리는 게

너무나 나쁘잖아요. 그 자리에서 슥 치워서 쓰레기로 만

드느니 차라리 싫더라도 먹는 것이 그나마 존중이라고 생

각했어요. 그런데 가면 갈수록 제 몸이 고기를 거부해서

이제는 앞 사람이 남기더라도 안 먹는 것 같아요. 몇 번은

먹기도 했는데 그건 신뢰 관계일 때만 가능했어요. 저를

잘 모르는 사람은 오해할 수 있잖아요. '저 사람 비건이라

더니 평소에 먹고 싶어서 참다가 이 핑계로 먹는 거 아니

야?'라고. 먹기 싫은데도 왜 먹는지 정확히 알고 오해하지

않을 사람 앞에서만 억지로 먹었는데, 그것마저도 이제는

잘 못 먹겠어요. 종차별을 타파하고 싶지만 제 안에도 약간은 있어요. 소나 돼지 같은 육고기는 정말로 제 형제를 먹는 것 같아요. 새우에 비해서요. 이런 종차별을 없애려고 해요.

이: 비건 생활에서 명확하게 답을 내릴 수 없는 문제들이 많죠. 저희 엄마께서는 비건 시작한 지 얼마 안 돼서 헷갈릴 때마다 저한테 이렇게 물어요. "김한민 씨는 어떻게 하신대?"(웃음)

김: (웃음) 그럴 때는 저한테 문자를 주세요.

이: "김한민 씨 모기는 잡으신대, 안 잡으신대?"(웃음)

김: (웃음) 불필요한 살생을 하고 싶지 않으니까, 죽이는 대신 그냥 모기장 치고 자는 게 좋지요. 가능하면 평화적인 방식으로 모기가 내 피를 못 먹게 하죠. 그런데 인도네시아 정글에서 머물던 상황에서는 그 자리에서 죽일 수밖에 없었죠.
어떤 순수주의자, 퓨어리스트가 되는 것에 갇히면 안 될 것 같아요. 그러면 비건이 종교이자 복음이 돼요. 물론 래

디컬한 사람들도 있어야 한다고 생각하지만요. 우리는 '거 짓말을 줄이자'고 말하지는 않잖아요. '거짓말을 하지 말 자'고 말하죠. 우리는 모두 참말주의자잖아요. 참말주의자 지만 상황에 따라 거짓말을 하기도 하고요. 슬아 씨도 저 랑 있는 동안 거짓말을 여러 번 하셨을 수 있죠.

이: (웃음)

김: 거짓말해주셔서 저는 고마워요. 누구나 그렇잖아요. 교회 열심히 다니는 기독교인들도 교리를 따르지 않는 순 간들이 있어요. 민주주의자들이 자기 회사에서 되게 독재 자처럼 굴 때도 있고 페미니스트도 사적인 삶에서 어떻게 거꾸로 행동할지 쉽게 확인할 수 없고요. 그런데 비건은 너무나 확인이 잘 되는 정체성이죠. 뭘 먹는지, 안 먹는지. 그래서 이 사람 저 사람 다 한마디씩 하려고 하죠.

이: 조그만 흠이라도 있으면 트집을 잡죠. 어떤 완전무결 함을 요구하지요.

김: 책에서도 분명히 이야기했지만 저는 96퍼센트 정도 비건인 것 같아요. 너무 바쁘면 밖에서 밥 먹을 때 멸치 육

수인지 아닌지 안 물어보고 먹을 때도 있어요. 대신 저만의 선은 있죠. 소고기나 닭고기나 돼지고기는 절대 먹지 않죠. 그런데 멸치 육수는 너무 바쁘면 먹을 때도 있어요. 비건이 아닌 사회에서 비건 식생활을 실천하는 것 자체가 굉장히 힘든 일이에요. 완벽주의로 하려다가 포기해서 안 할 바에야, 가끔씩 실패하더라도 긴 텀을 두고 많은 동물을 살리는 게 더 중요해요. 더 낮게, 더 낮게 실패한다면요. 사회 자체를 더 비건 지향으로 만들면 지금보다 쉬워지겠죠. 비건이 아닌 사람들에게는 이 문제를 강경하게 말하고, 오히려 비건인 사람들에게는 비교적 너그럽게 말해요. 이미 힘들게 실천하고 있으니까, 자신을 너무 힘들게 만들지 말고 가끔 어쩔 수 없이 원칙을 어기더라도 지속가능하게 하자고 말해요.

이: 주변인들과 관계 맺는 지혜도 중요할 것 같아요.

김: 맞아요.

이: 앵그리 비건이 되는 것도 어쩌면 오만한 마음이라고 생각해요. '나는 이렇게 옳은데, 고기 먹는 당신들은 너무 끔찍하다'는 분노에 찬 태도요. 누구도 백 퍼센트 완벽한

비건이 되기는 어렵죠. 말씀하셨듯이 산다는 것 자체가 이런저런 방식으로 살생에 기여를 하는 것이니까요. 비건이 되기 이전에는 자신 역시도 동물성 식품을 섭취하거나 소비해왔음을 기억하고 겸손하게 끈기 있게 가야 하는 것 같아요.

김: 나도 당신도 완벽하지 않지만 노력해보자. 이렇게 많은 고통이 있는데 우리가 이걸 보고 아무것도 안 할 수는 없지 않느냐. 이렇게 말할 때 분명 전해지는 게 있다고 생각해요. 더 많은 사람들이 동참해야 하죠.

이: '동참'이라고 하시니까 한민 씨의 만화 『카페 림보』가 떠올라요. 정혜윤 피디님이 그 책에 이런 코멘트를 남기셨죠. '아주 고독한 두 사람이 만나서 저항군이 되는' 이야기라고. 고독한 두 사람이 '적응을 말하지 않고 저항을 말하는 느낌'이라고도 쓰셨고요. 저는 고독한 두 사람을 생각하면 한민 씨의 다른 책인 『책섬』의 인물들도 생각나요. 그 둘도 정말 고독하잖아요.

김: 맞아요. 맞아요.

이:『책섬』의 두 사람이 하는 삽질이 저항처럼 느껴지기도 했어요. 한민 씨 책의 인물들은 어째서 적응 말고 저항을 말할까요?

김: 왜릴 깃도 없이, 저는 적응이 너무 안 되는 사람인 것 같아요. 오랫동안 뭘 반복해도 그게 잘 익혀지지가 않더라고요. 반복 자체가 잘 안 돼요. 슬아 씨는 비슷한 그림체로 만화를 그리시는데 저는 책을 낼 때마다 그림체가 확확 달라져요. 처음에는 콤플렉스였어요. 만화가는 한 인물을 이렇게도 그리고 저렇게도 그리고 정면 측면 후면 다 반복해서 그려야 하는데 저는 매번 그림체가 바뀌니까… 똑같은 걸 잘 못하는구나 싶지요. 일을 할 때에도 마찬가지예요. 자동차 정비를 했을 때도, 애니메이션 회사나 디자인 회사를 다닐 때도 그랬죠. 해도 해도 발전이 없었어요. 이쯤 하면 척척 해낼 때도 됐는데, 수월하게 하고 싶은데… 한국에서도 이 정도 살았으면 좀 적응할 만도 하잖아요. 어쩌면 부적응은 무능에서 나온 것 같기도 해요. 적응을 잘 못하니까 불만을 말하게 되고 그게 발전되다보니까 저항이 되기도 한 것이죠. 제가 유일하게 적응한 것이 저항이어서, 오히려 지금은 그 반대가 나을 수도 있겠다는 생각이 들어요.

이: 『비수기의 전문가들』에서 외국어는 적응하기 어려우니까 저절로 겸손해진다고 쓰셨지요. 특히 타지에서 외국어를 쓰면 어디서든 배울 수 있고 누구에게나 배울 수 있다고요. 겸손해지는 건 좋지만 무척 피곤할 것 같아요. 연구자이자 번역가로서 포르투갈에 장기 체류하셨잖아요. "모든 사람은 혼자다. 그런데 어떤 사람은 더 혼자다. 혼자라는 건 얼마나 아늑한지, 사실 그 점이 진짜 문제지"라는 문장도 그 기간에 쓰셨고요. 그 일상은 어땠을까요?

김: 포르투갈어를 되게 못하는 상태로 갔어요. 석사 수업에 들어갔는데 하나도 못 알아 들었어요. 진짜 울고 싶었어요. 시력이 안 좋은 사람이 뭔가를 더듬더듬 만지며 알아가듯 접근했던 것 같아요. 엄청나게 겸손한 외지인의 자세로요. 외국어로는 잘 모르는 것들에 대해서 말을 잘 못하니까 정말로 아는 것만 말하게 돼요. 모르면 모른다고 하고요. 되도 않는 얘기를 나불대며 대충 때울 수가 없죠. 타지에서 편견이 적은 상태로 페소아를 알아갔어요. 만약 한국에서 학위를 따고 갔다면 '나 좀 안다'는 태도를 유지했겠지만, 그렇지 않았으니까 어찌 보면 흐리멍텅한 상태이기도 했죠. 어렴풋한 시간들이었어요. 그게 또 시적이기도 했어요. 고립되어 있었고 아주 적은 친구들만을 만났

죠. 음악도 안 듣고 모든 일을 천천히 시간을 들여서 했어
요. 하다못해 차 끓이는 시간까지도.

이: 전기 포트를 안 쓰셨다면서요. 가스레인지에서 차가
천천히 끓는 그 시간이 좋아서요.

김: 네, 포트 안 샀어요. 시간을 느리게 보냈어요. 『비수기
의 전문가들』에 나오는 우고라는 친구도 맨날 만나고요.

이: 다시 다른 나라에서 지내실 계획이 있으신가요?

김: 또 나갈 것 같아요. 포르투갈에서 한국으로 돌아왔을
때 사람이나 사회 때문에 돌아온 건 아니에요. 동물 때문
에 돌아왔어요. 아시아의 동물들이 너무 많이 고통받고 있
고. 그 동물들을 위해 일하는 사람들이 있지만 너무 적고.
나라도 좀 하고 싶어서 왔어요.
미세먼지 때문에 다들 마스크를 끼고 다니잖아요. 저는 이
공기와 환경에 적응할 수가 없어요. 기껏 한다는 게 학교
에 공기청정기를 설치하는 거죠. 장기적으로 해결하겠다
는 의지가 안 보여요. 어쨌든 지금 대통령이 진보 정치인
인데도 이 정도잖아요. 진보 정치인이 아니라면 앞으로 환

경 관련해서는 정책 방향이 더 안 좋아질 수 있겠다는 섬뜩한 생각이 들어요. 잘못되면 여기서 더 이상 못 살 수도 있겠다고. 한국은 싱가포르 모델을 지향하는 게 아닐까 싶어요. 커다란 몰과 실내공간들이 점점 연결되면서, 계속 실내에서 지낼 수 있는 모델로 가는 거예요. 환경 문제를 실제로 해결하는 게 아니라 밖에 안 나가도 생활이 이루어질 수 있게, 배달 서비스와 실내 몰들과 공기청정기로 이루어진.

이: 매세나폴리스처럼요?

김: 네. 저한테 그곳은 완전 지옥이거든요.

이: 끔찍한 데가 있죠.

김: 되게 끔찍한데. 거기에 이미 적응한 사람들이 있어요. 실내의 질이 높아지는 것만으로도 충분하게 느끼는 사람들이요. 저는 싱가포르가 아니라 유럽 모델로 가야 한다고 생각해요. 과감한 정책을 세워서 진짜로 숲을 확실하게 늘리고, 미세먼지의 원인들을 줄여나가고, 배달 서비스도 함부로 못 하게 하고.

암스테르담 같은 곳은 자가용을 타고 다니기가 너무 불편해요. 지위가 높고 돈이 많은 사람들도 지하철과 자전거를 타고 다니죠. 사회가 합의를 해서 그 방향으로 가야 하는데 한국은 자동차와 에어컨과 공기청정기로 무장하죠. 잠깐 밖에 나갈 때만 마스크 끼고요. 이런 상황을 받아들이기가 힘들어요.

이: 그래서 밖으로 나가실 건가요?

김: 아직 대책은 없는데 가더라도 아시아에서 살 것 같아요. 아시아의 동물과 환경을 위해서 뭔가 일을 하려고 돌아왔기 때문에. 체 게바라도 아르헨티나를 위해서 일을 하지 않았거든요. 어떤 보편적인 가치를 위해서 평생 뭔가를 했죠. 한국만 포커싱하지 않고 아시아라는 단위로 생각하는 게 저는 중요해요.

이: 아시아인으로서의 책임감이라는 말이 인상적이에요.

김: 아시아가 너무 큰 개념이기는 하지만 우리가 실제로 영향을 미치고 있어요. 한국은 이제 아시아에서 상당한 영향력이 있죠. 때로는 문화적인 면에서 일본보다 더 큰 영

향력이 있을 정도예요. 그에 걸맞는 '공'에 대한 생각을 해요. 공과 사 할 때 '공'이요. 공공적인 것에 대한 원료들은 아시아에 이미 충분히 있어요. 옛날 철학을 보면 생태적인 사고방식은 서구보다 아시아에서 더 발달했죠. 회화만 봐도 아시아의 동양화에서는 사람이 일부잖아요. 사람이 되게 작게 들어가요. 저는 그게 좋아요. 에고적인, 자아 중심적인 사고방식 말고 생태적인 사고방식이요. 어느 정도 잘살게 된 나라의 사람으로서 책임감을 느껴요. 아시아의 빈곤에 대해서도요.

이: 해야 할 일을 정확히 알게 되면 정신이 명료해지는 것 같아요.

김: 약간 수행하는 사람처럼, 미션이 있는 사람처럼 살았던 것 같아요. 그게 저를 명료하게 해주죠. 사실 에너지가 남아있는지 아닌지는 크게 중요하지 않아요.

이: 힘이 있는지 없는지를 체크하고 움직이는 게 아니군요.

김: 네. 해야 할 일이 있으면 하는 거죠. 오히려 그런 게 없을 때 힘이 빠지더라고요.

이: 지금까지 만든 책 중 가장 마음에 드는 물성은 어떤 것인가요?

김: 최근에 『무빙』이라는 드로잉집을 하나 만들었어요. 이 달 중순에 나와요. 움직임에 대한 책이에요. 사람들이 움직이고 이동하고 이민을 가는 일들에 대해서, 거의 그림으로만 말하는데 물성을 신경 써서 만들었어요. 지금은 인쇄하는 중이고요. 예전에 만들었던 책 중에서는 잡지「1/n」의 마지막 호가 마음에 들어요. '기억의 호텔' 편.

이: 「1/n」이라는 잡지의 편집장이셨죠. 저는 청소년기 때 창간호를 샀던 것 같아요.

김: 소설가 김탁환 형이랑 과학자 정재승 선생님이랑 같이 잡지를 만들기로 했고 누군가는 총대를 메야 했는데, 편집자도 안 해본 제가 편집장을 해보겠다고 했어요. 용기를 낸 데에는 이유가 있어요. 루시드폴이 인터뷰에서 그런 말을 했더라고요. 우리는 너무 많은 것을 바라면서 정작하는 건 별로 없다고. 저도 제가 속한 문화 생태계에서 그랬던 것 같아요. 사람들은 이 업계의 안 좋은 전망을 만날 얘기하잖아요. 출판계 다 망했다고. 그런데 정작 나는 뭘

했느냐는 거죠. 자기 책 쓰는 거 말고 이 문화예술 판을 위해 뭘 했냐고 생각하면 아무것도 한 게 없었어요.

그런데 잡지의 편집장이 되는 건 시선을 이동하는 거죠. 슬아 씨도 지금의 포커스는 이슬아 개인이 아니라 다른 사람, 다른 책들이잖아요. 벌써 남한테 시선이 이동하고 있거든요. 곰브로치의 소설 『일기』처럼, '너무 나였구나'를 깨닫고 이동하는 거죠. 오늘은 그래도 완전 슬아 씨는 아니었던 것 같아요.

이: 하하. 살짝 김한민.

김: 그러니까요. 살짝 김한민일 수 있죠. 어쨌든 내가 속한 환경을 위해서 뭔가를 하는 건 이타적인 마음도 있지만 결국은 나를 위한 거죠. 잘 순환되는 좋은 세상을 만들어야 나도 살기가 기쁠 거 아니에요. 그래서 잡지라는 공동 작업에 삼사 년을 완전히 몰입했죠. 계속 좋은 작가들을 찾고, 인터뷰를 하고… 되게 이기적인 작가였다가 제 작업에서 손을 많이 놓았어요. 그러다 점점 그 이외의 일들이 걷잡을 수 없이 커졌죠.

이: 확장되셨군요.

김: 확장은 무조건 좋고 비확장은 안 좋은 게 아니잖아요. 확장이라는 말은 그야말로 가치중립적이니까. 어쨌든 후회는 없어요. 하지만 글 쓰고 그림 그리는 사람으로서의 좋은 이기심을 가져야 하는 상황도 있잖아요. 다른 일들이 어찌 되든 간에 다 놔두고 그냥 내 것을 해야 하는 상황이요.

이: 플랫폼의 주인이 되면 내 것뿐만 아니라 남들의 작업도 책임져야 하죠.

김: 그러니까요.

이: 저도 비슷한 행보를 걷고 싶은 것 같아요. 어찌 보면 〈일간 이슬아〉도 월화수목금의 이슬아인데, 정말로 쭉 그렇게만 간다면 얼마나 지겨운가요. 물론 매일 쓴다는 게 좋은 훈련이고 홀로 독립 연재를 하는 게 좋은 시도이긴 하지만, 시즌 1을 마치면서 이대로는 안 되겠다는 생각이 들었어요. 여전히 너무 좁은 반경을 얕게 그리고 있다고 느껴서요. 시즌 2를 준비하며 〈일간 이슬아〉의 확장성에 대해 계속 고민했던 것 같아요. 어떻게 해야 더 나은 플랫폼이 될 수 있을까. 문예지의 역할도 할 수 있을까. 그래

서 인터뷰도 넣고, 다른 작가들의 글을 모시는 지면도 계속 고수했어요. 제 글을 가지고 욕먹는 건 조금 익숙해요. 물론 매번 속상하긴 하지만 합평으로 단련된 마음이 있어서요. 호평도 심하게 기쁘지 않고 혹평도 심하게 슬프지는 않거든요. 그런데 동료 작업자의 작업에 대해 어떤 구독자가 안 좋은 피드백을 써서 보내면 그게 그렇게 속상하더라고요. 친구 글이 욕먹는 것에는 단련이 안 된 거죠.

김: 네, 화가 나죠. 책임감이 생겼기 때문에.

이: 그러니까요. 제 눈엔 좋다고 느껴서 동료에게 원고료를 지급하고 모셔온 작품인데 누군가한테 재미가 없었다니 참 속상하다! 하고 마음을 다스리죠. 플랫폼의 주인이 되는 건 만만치 않은 것 같아요. 한민 씨는 어떤 편집장이셨나요? 여러 문제의 조율자였을 것 같은데.

김: 경력이 없는 상태에서 편집장이 되었어요. 경력이 없으면 좋은 점은 편견이 없다는 것밖에 없잖아요. 그걸 확실히 살리자고 생각했죠. 괜히 있는 척하거나 아는 척하지 말고 모르면 모르는 대로. 사실 일을 편하게 하려면 프레임을 만든 다음에 착착착 그 안을 채우는 방식일 텐데, 저

회 잡지는 매 호마다 작업하는 방식을 바꿨어요. 디자이너나 아트 디렉터가 힘들어했지만 그래도 다들 재미를 느꼈어요. 뒤돌아 생각해보면 그런 작업 방식으로 오래 가기는 힘들었겠죠. 매번 바뀌니까요.

그런데 오래 가는 것에 대해 저는 크게 관심이 없는 것 같아요. 어떤 일을 꼭 지속시켜야겠다는 생각이 없어요. 생명이랄지 정말 중요한 큰 문제 말고는, 잡지를 꼭 지속해야 되나 싶은 거죠. 편집장으로선 위험한 발상일 수 있지만요. 어떻게 끝내느냐의 문제도 되게 중요해요. 헬렌 니어링의 『아름다운 삶, 사랑, 그리고 마무리』 보셨나요? 저는 처음부터 마무리를 좀 생각하는 것 같아요. 어떻게 깨끗하게 죽을 것인지와도 연결되는 생각인데, 생물학적인 죽음 말고도 많은 죽음이 있잖아요.

페소아는 시에서 "만남과 헤어짐은 하나의 죽음"이라고 말해요. 저는 어떤 매듭 짓기도 하나의 죽음이라고, 혹은 고갈된 것도 하나의 죽음이라고 봐요. 연인 사이에서도 감정이 고갈되었음을 말할 수 있어야 한다고 생각해요. 우리는 이제 사랑하지 않는다고 용기를 내서 말할 필요가 있어요. '성격 차이' 혹은 '어떤 사정이 있어서'라고 흐지부지 흐리멍덩하게 말하는 것이 아니고요.

〈일간 이슬아〉 보면서 느꼈던 것들이, 슬아 씨는 최전선에서 부딪치니까 누구보다도 잘 알겠지만, 신춘문예 같은 걸로 데뷔하지 않은 작가들은 자기가 데뷔했다고 결정하는 순간이 데뷔잖아요. 아니면 그냥 첫 책이 데뷔이거나요. 저는 데뷔 전에 되게 경계했던 것이 있어요. '절대로 자전적인 것을 하지 않겠다'는 거예요. 물론 자전적인 요소가 들어가는 것들은 어쩔 수 없겠죠. 억지로 숨길 수도 없고요. 자기 자신에 대해 할 얘기가 없었던 것은 아니에요. 그런데 그런 이야기들은 출간하지 않았어요. 대학 때부터 많은 작가들을 유심히 관찰했는데 자전적인 이야기는 파워가 세기 때문에 매력적으로 성공을 하더라고요.

저는 그런 식으로 성공하는 게 두려웠던 것 같아요. 샐린저를 모델로 한 영화 〈파인딩 포레스터〉를 보면, 샐린저가 실패만큼이나 성공도 얼마나 두려워했는지가 나와요. 물론 성공을 해보지도 않은 제가 책도 안 냈으면서 어쭙잖게 그 걱정을 하는 게 이상할 수도 있지만, 자전적인 이야기로 작업을 해나가면 오래 갈 수 없을 것 같은 느낌이 들었어요. 적어도 나는 그렇겠다고. 그래서 계속 나를 지워왔던 것 같아요. 어떤 출판사 편집자님은 물어보시더라고요. 한민 씨에게 가족은 너무 중요한 것 같은데, 책에서는 가족 얘기가 왜 거의 소거되다시피 지워져 있냐고.

어쩌면 저는 고갈이 두려웠던 거예요. 스스로 힘을 많이 만들고 발견하면 고갈이 안 될 수도 있겠죠. 하지만 고갈이 고갈임을 인정하고 다른 곳으로 부단히 가야되는 때도 있는 것 같아요.

이: 제일 내밀하게 소중한 이야기를 그대로 쓰지 않는 게 저한테는 중요해요. 매일 연재를 하는 데다가 독자들이 실시간으로 피드백까지 보내는 시스템에서는, 아주 사적인 이야기를 탈탈 털어넣지는 말아야 하는 것 같아요. 제가 보내는 글이 자전적인 이야기처럼 보일 수 있지만 매번 픽션으로 고쳐 쓰는 과정을 거치지요. 일기 말고 소설로 읽히기를 바라고요. 사람들이 얼마나 자기 과거에 대해 거짓말을 많이 하나요. 저도 마찬가지고요. 어제의 나에 대해서도 계속 거짓말을 하죠.

김: 그럼 딜레마 같은 게 생기지 않을까요? 인터넷을 볼 때 항상 느끼는 건 사람들이 제일 중요한 이야기만 빼고 말한다는 거예요. 예를 들어 진짜 연애를 하고 있는 사람들은 그 얘긴 빼고 하죠. 뭔가가 공식적으로 결정될 때까지. 그런데 공식화되고 나서는 이미 중요한 이야기가 아니죠. 에스엔에스에서는 가장 본질적인 것들이 다 빠져있다는 느낌이 들어요.

이슬아도 하나의 픽션을 만들지 않나, 그것은 당연하죠. 문제는 좋은 작품이라는 게 뭔가 핵심에 다가가는 거라면, 나를 중심에 두고 각색하며 쓰는 이야기는 핵심을 피해가는 연습이 될 위험이 있다는 거죠. 핵심에 다가가는 연습이 아니라. 나를 들여다보면 결국 할 수 없는 이야기들이 생겨나요. 내 삶을 관찰하는 이야기를 할 때마다 저는 제가 정말 핵심에 다가가고 있는가, 자괴감이 들더라고요. 핵심을 비껴가는 것 같고.

그래서 페소아를 연구하고 번역하는 시간이 되게 좋았어요. 몇 년을 그 사람 세계에 몰입할 수 있어서. 나라는 게 그나마 사라져 있었어요. 비대한 자아를 조금이라도 다이어트한 것 같아요. 되게 홀가분했어요.

이: 페소아라는 한 사람을 탐구하는 것만으로도 인상적이겠지만 심지어 그가 엄청나게 많은 인물과 이명을 창조한 사람이라 더 풍부했을 것 같아요.

김: 그러니까요. 페소아를 고른 건 좋은 선택이었다고 생각해요. 잡지 편집장을 한 기간도 도움이 됐고요. 작가로서의 세속적인 성공의 기준으로 보자면, 유치하게 말하자면 손해를 본 걸 수도 있어요. 내 것을 더 많이 하고 출판

을 통해 커리어를 쌓아야 하는 시기였을지도 모르죠. 하지만 덕분에 그나마 핵심에 다가가고 있지 않았나 하는 거죠. 저는 늘 방향성이 중요했어요. 힘이 얼만큼 있느냐, 돈이 얼만큼 있느냐가 아니라 그걸 어디에 쓰고 있느냐가 중요하듯이. 잡지 편집장을 한 기간, 페르난두 페소아와 그가 만든 잡지 「오르페우」에 빠졌던 기간이 있어서 지금은 제 자신이 좀 더 좋게 느껴져요. 옛날에는 제가 되게 싫었어요. 나도 결국 과잉된 자아를 가진 예술가 중 한 사람인가. 그런 사람들을 욕하고, 욕하면서도 닮아가고 그랬죠.

이: 그런데 어떻게 페소아처럼 살고 쓸 수 있을까요? 너무 신기하지 않나요? 나를 삼인칭으로 쓰는 것조차 어렵고 주어를 바꿔서 문장을 완성하는 것도 어려운데 말이죠. 페소아의 반의 반의 반만 닮아도 글을 쓸 때 덜 답답할 것 같은데요.

김: 어떻게 할까요. 우리가 같이 질문을 해야 돼요. 저도 몰라요. 페소아가 있었으면 좋겠네.

이: 그러게요. 페소아가 있었으면 좋겠네.

김: 페소아의 『불안의 책』에 "접촉 면적을 줄이고 그 면적의 분석을 깊게 하라"는 말이 있어요. 그 사람은 철저하게 그랬던 것 같아요. 페소아는 철학자적인 성품을 가진 시인이거든요. 철학은 크게 보면 세 가지잖아요. 형이상학과 논리학과 윤리학. 한 주제를 가지고도 세 가지 관점에서 써볼 수 있는 거죠. 슬아 씨 아버님인 웅이에 대해서만 하더라도, 웅이가 왜 잠수부를 했고 어떻게 하게 되었고 거기서 느끼는 건 뭐고 이것에 대해 윤리학적으로도 생각해보고, 논리적으로도 생각해보고, 형이상학적으로 생각해본다면요. 얼마나 풍부해지겠어요. 위 세 가지 중 적어도 하나의 과정은 거쳐서 나온 게 '생각'이라고 생각해요.

어떻게 페소아처럼 될 수 있을까. 그걸 소망한다는 것 자체가 저는 특별하다고 봐요. 슬아 씨 코멘트가 되게 반가워요. 많은 사람들이 그걸 소망하지조차 않으니까. 제일 좋은 건 자기가 쓰고 발표하는 이야기에 '외부'가 많아지는 거예요. 우리 세대에서 제일 고민해야 하는 것은 이러한 발행(publish)에 관한 것 같아요.

페소아처럼 그렇게 풍부하고 재밌고 상상력이 뛰어난 사람이 태어나서 강의 한 번 안 했어요. 그런데 저는 아무것도 아닌 사람인데도 많은 강연을 했죠. 사람들에게 뭔가를 퍼트리고 있단 말이에요. 지금은 누구나 어느 정도만 관심을 받으면 뭔가를 가르칠 수 있게 되죠. 그게 잘못되었다는 게 아니라, 상대적으로 생각을 해보자는 거죠. 페소아는 인터뷰도 강연도 안 하고 너무나 아웃풋이 적었어요. 독서를 통한 인풋은 정말 많은데도요. 페소아에게 어떻게 범접할 수 있을까 생각하기 전에, 내가 저 사람만큼 읽는가, 그리고 저 사람만큼 거르고 걸러서 엄선한 것을 내보내고 있는가, 이것만 생각해 봐도 너무 확연한 차이를 느끼죠. 페소아는 했지만 우리가 안 하고 있는 것들. 만약 그걸 다 해본 다음에도 페소아와 우리가 비슷하지 않다면 아마도 그 다음엔 비교 자체를 안 하고 있겠지요.

이: 무슨 말인지 알겠어요.

김: 알고 있는 것 같아요.

이: 하지만…

김: 하하하. 슬아 씨는 다 알고 있는 것 같아요. 알고 계신데도 질문하는 것 같아요.

이: 다는 모르겠어요. 어떤 산만함 속에서 연재를 해나가

는데요. 좀 더 해보면서 답을 찾아볼게요.

김: 글로만 승부해서 생계를 해결하는 것도 굉장히 멋있다고 생각해요. 완전 정면승부고요. 계속 하다보면 사람들을 만족시켜야 한다는 압박이 생기고 그러다 보면 사고방식도 바뀌어요. 그러다 비죽비죽 새어나오는 저항감도 있을 거라고 생각해요. 저는 작가주의라고 해서 더 멋져 보이지 않더라고요. 상업주의 전선에서도 자기 색깔을 내는 사람들이 있고요. 예를 들어 조너선 사프란 포어도 유명 소설가인데 갑자기 『동물을 먹는다는 것에 대하여』를 냈죠.

이: 다들 저 작가가 갑자기 왜 저러나 싶었겠어요.

김: 잘 나가는 애가 갑자기 왜 저러지? 불편할 수 있는 주제니까요. 그 주제를 건드렸다는 것 자체만으로도 비인기의 행보를 택한 거지지만 어떻게 카테고라이징 되느냐가 중요하지는 않은 것 같아요.

이: 여러 고민을 하면서 〈일간 이슬아〉를 진행해왔는데, 비건 이슈를 공부하면서 제게 구독자가 있다는 게 참 감사

하다는 생각이 들었어요. 그들에게 너무 전하고 싶은 주제가 생겼으니까요. 이러려고 플랫폼을 만들어왔나 싶기도 했어요.

김: 그런데 이번에 많이 떨어질 수도 있어요.(웃음)

이: (웃음) 맞아요. 동물권 얘기… 비건 얘기… 사람들이 막 기다리는 주제는 아니죠.

김: 구독자가 줄어들 수 있죠.

이: 어떻게 하면 끝까지 읽도록 쓸까. 제가 애써볼게요. 다시 페소아 얘기로 돌아가자면 저는 그 사람의 연애담이 정말 웃겼어요. 한민 씨는 '사랑의 영역 안에서는 동서고금을 막론하고 거의 누구나 진부해지는 경향을 피할 수 없다'고 쓰셨는데, 페소아의 연애는 짧지만 덜 진부했던 것도 같아요. 연인인 오필리아에게 자신의 다른 이름으로 편지를 쓰잖아요.

김: 네. 캄푸스의 이름으로.

이: 그런데 오필리아가 한 술 더 떠서 캄푸스에게 답장을 하고, 다시 페소아에게도 답장을 하죠. 앞으로는 절대 캄푸스의 편지를 받고 싶지 않다고요. 우스꽝스럽지만 사실 좀 해보고 싶은 짓이기도 하죠. 내 안의 여러 인격들, 자주 충돌하기도 하는 애네들을 평생 잘 데리고 사는 것이 과제 같아요.

김: 유머가 느껴지지 않나요? 쓸데없이 심각하게 볼 수 있는 상황에서 유머러스하게 받아치는 거요. 그러지 못할 사람들이 훨씬 많을 텐데요. 연인으로부터 가명의 편지를 받았을 때 "뭐야? 장난해?"라고 받아치면 얼마나 재미가 없어요. 결국 유머와 여유의 문제인 것 같아요. 누군가를 내 안에 둘 수 있는 것도 유머와 여유죠. 페소아는 연애를 하는 중에도 이념을 계속 유지하고 싶었고 그래서 게임을 건 거고, 오필리아도 같이 놀 줄 알았던 사람이죠. 그렇기 때문에 유일한 연인이었는지도 몰라요.
저는 위대한 사람을 믿지는 않아요. 연구하고 번역한 페소아조차도 제가 숭배하는 사람은 아니에요. 그런데 위대한 사람은 없어도 위대한 만남은 있는 것 같아요. 두 사람이 만나서 위대함이 생기는. 한 사람씩 보면 다 별 거 없고 우스꽝스럽기도 한데, 만났을 때 생기는 스파크가 있죠. 『폭

풍의 언덕』의 히스클리프처럼, '너는 나잖아.' 그게 타인이든 동물이든 키우는 개든 도살장의 돼지든… 타자가 나랑 다를 바 없어지면서 나는 '많은 나'가 되는 거죠.

이: 한편 『카페 림보』에서 '비공감주의'를 말하셨어요. 공감이라는 말이 엄청 남발되는 시대인데요, 최근에는 어떤 공감이 의심스러우셨나요?

김: 제일 의심스러운 건 세월호를 둘러싼 말들이에요. 저는 '기억하겠습니다'라는 말 안 좋아해요. 너무 쉽거든요. 기억이라는 건, 안 하고 싶은 사람도 기억한단 말이에요. 세월호를 가장 삐딱하게 보는 극우파마저 기억은 하지요. 저는 그래서 '기억하겠다'라는 뭉뚱그린 말 정말 싫어해요. 세월호를 살아내야죠. 각개각처에 세월호들이 많은 것 같아요. 비유적인 의미의 세월호들. 무너지고 가라앉는데도 보지 않죠. 달라진 게 별로 없는 것 같아요. 공감하고 있다고들 말하지만 무게가 너무 얄다는 느낌이에요. 공감이라는 말이 아무 것도 의미하지 않는구나 싶어요. 그런 사람들을 너무 많이 보았어요. 그건 죽음에 대해 무례한 짓이거든요. 기리고 기억하는 게 무슨 의미인지 생각을 해야 하잖아요. 그게 가장 최근에 불편했던 공감이에요.

이: '비공감주의'라는 말을 만들었던 2012년 즈음에는 어떤 것들을 생각하셨나요?

김: 당시에도 공감이 큰 키워드였어요. 사람들이 공감을 '나의 메시지에 네가 동의하느냐'는 의미로 쓰더라고요.

이: "내 말에 공감해?"라는 맥락에서요?

김: 네. 그런 공감이더라고요. 근데 그건 공감이 아니라고 생각해요. 예를 들어 제가 동물의 고통에 대해서 이야기했을 때 바로 그 날 당장 비건을 실천한 사람들만 공감했다고 말한다면, 그렇게나 폭 좁게 사람들을 정의한다면, 얼마나 이기적인 해석이에요. 다양한 방향의 공명과 에코가 있잖아요. 심지어 동의하지 않고 막 반론을 제기한 사람에게서도 저는 공감을 봐요. 공감은 동의가 아니니까요.
공감과 동의를 같이 쓸 때 오히려 공감은 더 소외돼요. 공감의 본질은 그게 아니에요. 좋은 접근은 서로 차이가 뭔지 알아가는 거예요. 차이를 덮어놓고 보는 게 아니죠. 수많은 '좋아요'와 '공감' 버튼을 누르며 공감의 표현들 속에서 지내온 지금 세대가 어떤가요? 공감의 세대여야 하는데 오히려 단절이 더 많죠.

공감은 저한테 상당히 어려운 거예요. 어느 부분이 공감인지를 정확히 느껴야 하죠. 불편하더라도요. 비거니즘을 얘기할 때 대충 공감한다는 사람들 말고 오히려 발끈하는 이들에게서 저는 공감의 가능성을 봐요. 이 고통에 공감하는 나 vs 공감 못하는 저들. 이렇게만 분리하는 건 위험할 수 있어요. 쉬운 공감 말고 어려운 공감을 찾아가야 해요.

이: 저는 주변 사람들에게 이렇게 말하고 싶어져요. 내가 본 것을 당신도 본다면 분명 알 수 있어. 느낄 수 있어.

김: 맞아요. 저도 그렇게 말하고 싶어요. 그런데 사실 느낌은 정확히 표현할 수가 없잖아요. 아무리 대단한 소설가라도요. 그 말할 수 없는 영역이 공감이라는 생각도 들어요.

이: 영상 자료가 도움이 되는 것 같아요. 한민 씨께서 소개하신, 호아킨 피닉스가 내레이션한 〈지구생명체 (Earthlings)〉도 그런 영상이고요.

김: 그런데 그 모든 게 서구인의 눈으로 만들어진 자료들이라 한계가 있어요. 결국 아시아인의 눈으로 만든 게 필

요하죠. 그래서 지금 동생과 영화 작업을 하고 있는 거예요. 자기 설명으로는 충분하지 않은 사람들이 건넬 수 있는 영상, 내가 지금 다 말을 못하겠는데 이 영상을 보고서 와줄 수 있어? 라고 소개할 수 있는 영상이요. 유튜브에 업로드된 영상은 쉽게 접근하니까요.

이: 기대돼요.

김: 같이 할 수 있는 일들이 있을 것 같아요.

—

그리하여 나는 다시 화요일의 이슬아다. 지난 토요일에는 살짝 김한민이었지만 지금은 김한민과의 대화가 적힌 길고 긴 녹취록을 붙들고 있는 이슬아인 것이다. 핵심을 '단 한 개의 문장으로도 포획할 수 있고, 수십 개의 문단으로도 놓칠 수 있는' 것이 글쓰기인데 나는 백 개 가까운 문단을 쓰고도 어쩐지 김한민을 놓친 것 같은 느낌이다.

다만 어떤 책임감이 내게 남았다. 이야기를 들려준 사람에 대한 책임감, 그 이야기가 가리키는 자명한 사실들에 대한 책임감이다. 김한민은 책임감을 '반응하는 능력'이라고 말했다. response + ability = responsibility인 거라고.

김한민 때문에 나는 이 단어를 잊을 수가 없다. 그 단어 때문에 "적어도 ~는 하지 않겠다"고 말하는 일이 늘어났다. 그것은 내게 최소한의 윤리가 되었다. 나 역시 그 최소한이 점점 커지는 방향으로 살고 싶다. 외면에는 더 둔해지고, 반응에는 더 민첩해지고 싶다. 김한민 책의 한 구절을 떠올린다.

(…) 자기가 있든 없든

세상은 잘 돌아가리라는 것을 잘 압니다.

그걸 너무 잘 알아서 문제입니다.

너무 잘 안다는 것은,

제대로 알고 있지 않다는 뜻입니다.

그들은 그걸 알아야 합니다.

알려줄 사람이 필요합니다.

단 한 사람이면 충분합니다.

(…) 누군가에게 나의 얼굴이 그 얼굴일 수 있을까?

어쩌면 그것이 인생의 질문인지도 모릅니다.

– 김한민, 『카페 림보』 중에서

바로 그런 한 사람이 될 수 있을까. 누군가에게 내 얼굴이 그 얼굴일 수 있을까. 그러고 싶은데 내 언어로는 충분하지 않은 날도 있다. 그런 날에 나는 김한민의 책을 선물한다. 사랑하는 이들에게. 내가 본 것을 너도 본다면 알 수 있을 거야, 이전과 같을 수는 없을 거야, 우리 같이 좋은 쪽으로 가자, 속으로만 말하며. 김한민의 힘을 빌려 사랑을 한다.

이슬아 × 유진목

2019.06.21.

우리가 응답하고 싶은 일들

가끔씩 나의 최후를 생각한다. 생각하고 싶지 않지만 내게
도 분명 최후가 있을 것이다. 운이 좋다면 사랑하는 사람
혹은 사람들의 옆에서 최후를 맞이할 수도 있을 테지만 그
런 행운을 누구나 가지는 건 아니다. 나의 마지막 순간은
높은 확률로 아주 아프거나 슬프거나 초라하거나 그립거
나 쓸쓸하거나 아니면 둔감할 것이다.

　그 미래의 내가 혹시라도 책을 읽을 수 있다면 곁에 놓
아두고 싶은 책이 두 권 있다. 하나는 『식물원』이라는 시
집이고 다른 하나는 『디스옥타비아』라는 소설이다. 모두
유진목이라는 작가가 썼다. 최후의 나에게 유진목 작가의
목소리를 들려주고 싶다고, 지금의 나는 생각한다.

하지만 최후를 맞이하기까지 아주 긴 시간이 남아있을 수도 있다. 그사이 나는 무수히 변할 것이다. 어느 날 나는 최후의 순간 말고 그냥 지금 유진목 작가의 목소리를 듣자고 다짐했다. 지난 겨울과 봄 내내 그의 책을 몇 번이고 다시 읽으며 슬펐고 행복했기 때문이다. 그에게 사랑과 용기에 대해 묻고 싶었다. 사랑과 용기는 종류가 달라도 서로를 알아본다. 내 물음에 그가 어떻게 응답해줄지 궁금했다. 어떤 응답을 하거나 안 하며 살아가는지도 궁금했다.

나의 집에 초대했다. 유진목이라는 시인이자 소설가를. 산문과 칼럼을 쓰는 작가이기도 하고 영화인이기도 하고 부산 영도에 자리한 '손목서가'의 주인이기도 한 그를. 차와 과일을 준비한 채 기다렸다. 망원시장에서 사온 살구와 바나나와 블루베리를 나무그릇에 담고 서재의 창문을 활짝 열어놓았다. 초여름의 어느 금요일 오후, 그가 나의 집에 찾아왔다. 부산에서부터 기차를 타고 온 그였다. 민소매 청멜빵을 입고 아름다운 양말을 신고 한쪽 어깨에 천가방을 멘 채 현관에 나타났다. 나보다 10년쯤 먼저 태어나 살아가고 있는 사람이었다.

—

이: 오늘 저희 집에 처음 오셨는데요. 유진목 선생님의 집과 어떤 점이 비슷하고 다른지 궁금해요.

유: 저희 집 침실에도 양쪽에 이런 색깔의 책장이 있어요. 작가님 서재랑 저희 침실이랑 비슷하네요.

이: 거실에서 베란다를 보면 바다가 커다랗게 보이는 집에 살고 계시잖아요. 운영하고 계신 손목서가에서도 창문 가득 바다가 보이고요.

유: 맞아요. 영도 바다가 바로 앞에 있어서요.

이: 손목서가에 다녀온 뒤부터 괴로울 때마다 애인한테 말해요. "영도로 도망칠까?"

유: 저도 영도에 도망 온 거였어요.

이: 도망 오셨어도 이제 거기서 서점을 운영하고 계시니까 완전히 달아날 수는 없지 않나요?

유: 집에 가면 괜찮아요. 현관문을 닫고 나면 다 차단되니

까요. (뒤에 있는 캣휠을 바라보며 탐이에게) 탐이야, 이건 널 위한거니? 정말 좋은 집에서 살고 있구나.

이: (대신 대답하며) 맞아요. 연재해서 번 돈으로 큰 맘 먹고 샀어요.

유: 이게 고양이 운동하는 기구인가요?

이: 네. 탐이는 집에만 있으니까 답답할까 봐 이걸로 우주 끝까지 달리라고 사준 건데 막상 전혀 안 달려요. 마치 런닝 머신 위에 엎드려 자는 사람처럼… 다른 고양이들은 없어서 못 타는 캣휠인데…

유: 하하. 저희 집 고양이랑 비슷해요. 뭐 딱히 안 하고 싶어 하고. 간식에만 집착하고.

이: 어렸을 땐 몸이 너무 약해서 탐(貪)이라고 이름 지었거든요. 식탐이 얘를 살릴 것 같아서요. 이제는 오직 식탐만 남은 것 같지만요. 선생님 성함에서 '목'은 나무 목(木)인가요?

유: 네. 나무 목이에요.

이: 제 사주엔 목 자가 두 개나 들어있어요. 선생님 사주에도 목의 기운이 많으세요?

유: 네. 맞아요. 그렇다고 하더라고요.

이: 유진목이라는 이름은 언제부터 가지게 되셨나요?

유: 본명이 아니지만 개명하지도 않았어요 호적에는 제 본명이 그대로 적혀 있죠. 좀 웃긴 게 유진목은 사실 스스로 부른 이름이 아니에요. 원래는 목(木)을 성으로 쓰고 싶어서 '목유진'이라고 제 마음 속으로 이름을 정했어요. 그러다 2010년에 단편 영화를 찍던 무렵 당시 만들던 작품으로 해외 영화제에 꼭 갈 거라고 다짐했어요. 영화에는 영어 자막도 삽입했죠. 친구들이 쓸데기 없이 영어 자막은 왜 넣는 거냐고 놀리길래 제가 '나 이걸로 해외 영화제 간다'고 농담했어요. 크레딧에 제 이름도 영어로 적었어요. 'MOK EUGENE' 말고 'EUGENE MOK'으로요.

이: 아, 영어식 표기니까 성을 뒤로 옮겨서 쓰셨군요. '슬

아 리'처럼.

유: 네. 그리고 트위터 닉네임을 '유진목'이라고 했는데 새로 만나는 사람들이 저를 '진목 씨'라고 부르더라고요. 설명을 해야 하나, 고민하다가 귀찮아서 그냥 뒀어요.

이: 설마 그래서 유진목이 된 거예요?

유: 네. 다들 진목, 진목, 하고 부르는데 괜찮더라고요.

이: 시인이 되기 위해 고심해서 지은 필명인 줄 알았어요. 너무 멋진 이름이라서요. 만약 제 이름이 유진목이면 꼭 시를 쓸 것 같아요.

유: 예전에 이슬아 작가님이 손목서가 오셨을 때 그런 말씀하셨던 게 생각나요. 이메일 답장 하다가 하루 다 간다고요. 그 얘기 듣고 깜짝 놀랐어요. 안 할 수도 있을 텐데.

이: 이메일 답장이요? 안 하면 안 되지 않나요? 독자든 출판사든 제 대답을 기다리실 텐데요.

유: 저는 안 하거든요.

이: 정말요?

유: 읽지 않아요.

이: 무슨 내용의 메일인지 궁금하지 않으세요? 중요한 일
일 수도 있잖아요.

유: 중요한 일일 수가 없어요. 왜냐하면 중요한 일은 다짜
고짜 메일로 오지 않아요. 제 이메일 주소를 알려면 누군
가를 통해 전해 받아야 하잖아요. 제가 주소를 어딘가에
올려놓지 않았으니까요. 만약 지인이 제 이메일을 알려줄
경우 저한테 미리 말하겠죠. "이 사람한테 네 이메일 주소
알려줘도 돼?"라고. 제가 알지 못하는 채로 오는 대부분
의 이메일은 중요하지 않아요. 꼭 답을 해야 할 의무는 없
는 메일들이에요. 그런데 읽고 나서 답을 안 하면 좀 그렇
잖아요. 그래서 애초에 안 읽어요.

이: 안 읽은 채로 쌓인 메일함을 보면 마음이 불편하잖
아요.

유: 그래서 죄다 다른 폴더로 옮겨요. 읽지 않은 채로 이동을 시키면 돼요. 그럼 제 눈에 보이지 않아요.

이: 마치 집안의 더러운 물건들을 한 곳에 몰아넣는 것 같네요.

유: 맞아요. 그러고선 그 방문을 닫아놓는 거죠. 없다고 생각하고.

이: 하하하

유: 하하하

이: 그래도 서점을 운영하시니까 어쩔 수 없이 대답해야 하는 문의도 많지 않나요?

유: 웬만하면 답을 안 해요. 손목서가에도 물론 문의가 많이 오는데요. 얼마 전에 받은 굉장히 인상적인 메시지가 있어요. 손목서가 프로필에 제가 영업시간을 명시해놨어요. '월, 화요일은 여섯 시에 마감하고, 수요일부터 일요일까지는 여덟 시에 마감합니다.' 분명 이렇게 적어뒀거든

요. 그런데 이런 메시지가 왔어요. '월, 화요일은 여섯 시
에 마감하고 수요일부터 일요일까지는 여덟 시에 마감하
시나요?'

이: 뭐지요? (웃음)

유: 제가 '네. 그렇습니…' 라고 답장을 쓰다가 안 보냈어
요. 그리고 이런 거 있잖아요. '오늘 서점 영업은 공연 준
비 때문에 세 시에 마감하고, 여섯 시부터 공연 입장을 받
겠습니다.' 이렇게 공지를 하면 꼭 이런 메시지가 와요.
'세 시부터 여섯 시까지는 입장할 수 없나요?' (웃음) 그때
도 '네'라고 쓰다가 그냥 답장을 안 했고요.

이: 저도 바보 같은 질문들을 수도 없이 받아요. 이미 여
러 번 써놓은 안내 사항에 대해 몇 번이나 다시 물어보는
거요.

유: 매번 답을 해주세요?

이: 강박증이 좀 있는 것 같아요. 제 대답을 기다리고 있
다고 생각하면 마음이 불편하고 약간 미치겠어요.

유: 저는 그렇게까지 타인을 신경 쓰지 않기 때문에…

이: (웃음)

유: 이슬아 작가님은 좋은 분이신 것 같아요.

이: 응대에 지치지 않고, 정신의 여백을 남기는 게 중요하겠죠.

유: 맞아요. 그리고 설사 굉장히 중요한 일이라고 해도 메일을 확인 안 해서 놓쳤다면 뭐 어쩔 수 없죠.

이: 어쩔 수 없다고요? 메일만 확인했어도 잡았을 기회를 놓쳤다면 저는 미치고 팔짝 뛸 것 같은데요.

유: 그런데 살구가 이렇게 맛있는 과일인지 몰랐어요.

이: 그쵸? 맛있죠? 언제나 이렇게 맛있지는 않대요. 지금만 맛있을 때라고 들었어요. (과일칼로 살구를 쪼개 먹으며) 음~

유: (손으로 살구를 쪼개 먹으며) 음~

이: 선생님은 '목년사'라는 1인 프로젝트를 하고 있다고 읽었어요. 그때 찍으신 영상과 뮤직비디오가 정말 아름답더라고요. 영화를 하다가 글을 쓰게 된 과정이 궁금해요.

유: 2015년이었는데요. '문학과 죄송사'를 운영하시는 분이 재미있는 프로젝트를 했어요. 뭐냐면 무당들이 동네에서 안 쓰는 쇠나 철을 받아 재가공해서 무기로 만드는 걸 '쇠걸립'이라고 한대요.

이: 쇠걸립이요? 처음 들어봐요. 그런 말이 있구나.

유: 네. 문학과 죄송사는 그걸 보고 '시걸립이라는 걸 처음으로 해봐야겠다' 생각했던 거죠. 집에 있는 안 쓰는 시, 못 쓰는 시, 사용하지 않는 죽은 시 같은 게 있으면 보내달라고 모집했어요. 시를 선착순으로 육십 편 받고 책으로 만들어 팔아서 그 돈으로 잘 먹고 잘 쓰겠다고.

이: 시 준 사람들 말고 자신을 위해 쓰겠단 얘기 맞죠?

유: 네. 무당도 그렇게 하잖아요. 재미있는 거예요. 제 노트북에도 죽어 있는 시들이 있었거든요. 그중에 한 편을 보내기로 마음먹고 심장이 엄청 쿵쾅쿵쾅 거렸어요. '벌써 육십 명이 다 보냈으면 어떡하지? 선착순이 끝났으면 어떡하지?'

이: 아시다시피 그런 육십 명은 세상에 별로 없을 텐데요.

유: 그러니까요. 하하. 괜히 막 엄청 긴장하면서 당시 아르바이트하던 가게를 오픈했죠. 카페 문 열고 청소하는데 노트북은 집에 있고, 교대는 저녁 여섯 시인데… 혹시나 그 전에 모집이 마감될까 봐 걱정하며 퇴근하자마자 집에 빨리 가서 메일을 보냈지요. 그 시가 선착순 안에 들어서, 시걸립 책에 제 시가 실렸어요. 그후 문학과 죄송사에서 혹시 안 보낸 시가 더 있냐고 물어보더라고요. 시집 한 권 내지 않겠냐고. 문학과 지성사 표지랑 똑같이 만든대요. 웃겨서 하겠다고 했죠. 시집이 나온 날 한창 영화 현장 스태프를 하고 있는데 트위터에 시집 출간 소식이 올라왔더라고요. 저 혼자 화장실 들어가서 트위터를 보며 잠깐 숨어 있었던 기억이 나네요. 그렇게 처음 시집을 낸 사람이 되었어요. 스무 살 때부터 썼으니까 십오 년 정도를 저 혼

자서만 읽어온 시들인데, 그걸 사람들이 읽게 되어서 되게 신기했어요.

이: 십오 년 동안 혼자서만 읽고 쓰셨어요? 시 합평 수업 같은 곳에 간 적은 없으세요?

유: 너무 가고 싶었는데 수업을 들을 돈이 없었어요. 이삼 십만 원 하잖아요. 여력이 안 되었어요. 여력이 될 만큼 벌려면 일을 더 해야 하니까요.

이: 2016년에 내신 『연애의 책』은 삼인 시집선의 첫 번째 시집이에요. 황현산 선생님이 '한국 최고의 연애 시'라고 하셨지요. 유진목 선생님은 등단을 염두에 두고 글을 쓰셨나요?

유: 예전에 〈중앙일보〉에 열 편 정도 시를 보낸 적이 있어요. 본심에 올라가서 이름이 한 번 실렸고 최종심에는 안 실려서 심사평은 못 받았죠. 어떤 시절엔 굉장히 절망적이었을 때에는 막 욕지기가 치밀어오르는 심정으로 등단을 해야하지 않을까 생각한 적이 있어요. 약간 억하심정으로요. 학교에서 문학회 활동을 했으니까 주변에 등단한 사

람이 많았어요. 선배들 중에도 문인인 사람들이 많고 다들 문학과 관련된 일을 하고 있는 거예요. 그래서 「문학과 사회」에도 시를 보내봤죠.

이: 두 번의 투고가 있었군요.

유: 네, 둘 다 떨어졌고요.

이: 저는 소설로 등단하고 싶어서 소설 창작 수업 아카데미에 다닌 시기가 있어요. 출판사에서 하는 수업들이요. 그런데 갈 때마다 진이 빠졌던 생각이 나요. 등단에 대한 야망과 절망과 독기를 품은 사람들이 한가득 있고, 그들과 날선 합평의 언어를 주고받는 게 지쳐서요.

유: 그런데 남의 작품을 읽고 할 말이 있나요?

이: (웃음) 선생님은 합평회에서 하고 싶은 말이 별로 없는 타입이시군요.

유: 좋은 책을 발견하면 다른 사람에게 "이 책 읽어봐. 진짜 좋아." 소개할 수는 있겠죠.

이: 혹은 너무 좋은 글을 읽었을 때 "와 씨, 너무 좋다." 말고는 할 말이 없기도 하죠.

유: "어떻게 이렇게 썼지?"

이: 하하. 그러니까요. 재미있게 읽었을수록 그 글에 대해 말로 뭔가를 덧붙이고 싶지가 않더라고요. 혹시라도 내 말이 독자의 감상을 방해할까 봐 걱정돼서요. 그럼에도 불구하고 유진목 선생님한테는 여쭤보고 싶은 게 많아요.

유: 아무거나 물어보셔도 괜찮아요. 누가 옆에서 그만 하라고 말리지 않는 한 별로 대답하는 것에 거리낌이 없어요. 저는 이슬아 작가님하고 아무 얘기나 할 수 있거든요. 밑도 끝도 없는 어떤 좋음이 있고요. 하고 싶고 해도 된다는 느낌이에요. 나중에 이 인터뷰를 누군가가 볼 테지만, 그건 저하고는 별로 상관이 없어요.

이: 상관이 없다니, 어떻게 그럴 수 있죠?

유: 어느 순간 셔터를 내렸어요.

이: 저도 셔터를 내리고 싶어요. 당장은 그러면 안 되겠지만요.

유: 빨리 내리시기를 바라요. 하지만 제가 권유할 수가 없는 게, 각자 장단점이 있을 테니까요. 다만 사람들의 반응이 작가님 정신의 에너지를 너무 소진시킨다면 응답하지 않기 위해 정신의 셔터를 내리길 바라는 마음이에요.

이: 어떻게 내리면 돼요?

유: 차르륵? (웃음)

이: 이 인터뷰도 그렇지요. 제가 최대한 잘 정리해서 발송하겠지만 누구한테 어떤 느낌으로 읽힐지 모르죠. 무한 복제되고 박제될 수 있다는 점이 무서워요. 어떤 독자가 유진목이라는 사람을 삐딱하게 보기 시작하면 밑도 끝도 없죠. 악의적으로 편집된 텍스트가 트위터에서 계속 돌 때 저는 환멸을 느껴요.

유: 번거로운 일들이 좀 있었죠. 저의 의지와 상관없이 너무 괴로운 글들이 돌아다니잖아요. 그래서 내가 셔터를 내

린 건가? 그 이유뿐만은 아닐 테고, 원래 좀 그런 사람이었던 것 같아요. 오히려 일상생활에서 가까운 사람한테 정확함을 요구하게 된 건 있어요. 나중에 생각해보니까 나를 정확히 해명하고 싶은 욕구더라고요. 사실 트위터로 해명하는 건 되게 짜치잖아요.

이: 그렇죠.

유: 그러니깐 그냥 가만히 있지만, 자신한테는 영향을 미치죠. 돌이켜 생각해보면 정말 힘들었어요. 그래도 내가 정신력이 엄청나게 강하구나, 트위터에서 뭐라고 하든 무시해버릴 수 있구나, 알게 되었죠. 괴롭지 않았던 건 아니에요. 괴로웠는데 남한테 티내고 싶지 않았던 것 같아요.

이: 소설 『디스옥타비아』에 대해 여쭤보고 싶어요. 미래의 유진목으로 추정되는 소설의 주인공이 "나는 먼 훗날 내가 사무치게 그리워할 인생의 한가운데를 지나는 중이다"라고 말하는데요. 보통 그런 시절을 보내고 있는 사람들은 한참 후에야 그걸 알아차리는 것 같거든요.

유: '아, 그때 사실 좋았구나'라고요?

이: 네. 건강할 때 건강을 모르고.

유: 젊었을 때 젊음을 모르고.

이: 그런 것처럼, 사랑의 한복판에 있을 때에는 사랑에 대해 잘 쓸 수 없다고 생각했는데요. 『디스옥타비아』는 그걸 해낸 것처럼 느껴져요. 이들이 뭘 가졌다가 뭘 잃었는지도 너무 알겠고요. 이 책을 쓰는 건 어떤 경험이었을지 궁금해요. 저는 읽는 내내 너무나 슬펐는데 혹시 쓰면서 슬프셨을지 궁금했어요.

유: 사실 슬픈 것을 쓸 때는 저도 울거든요. (웃음)

이: (웃음) 울면서 쓰셨어요?

유: 제 글이 되게 슬픈 거예요.

이: 되게 슬펐어요. 약간 오열하면서 읽었다고요.

유: 자기 글이 슬퍼서 운다고 하면 자아도취 같을까 봐 딴데 가서는 이야기 안 해요. 그런데 제가 슬펐기 때문에 누

군가에게도 그 슬픔이 가는 거라고 생각하거든요. 이를 테면 좀 힘 있는 글을 써서 어떤 사람에게 힘을 전달하려면 그걸 쓸 당시의 작가가 힘차야 하죠. 확신은 있었어요. 영화를 만들 때 훈련이 되었던 것 같은데요. 내가 느끼는 것을 남이 똑같이 느끼도록 만드는 것을 훈련을 많이 해서요.

이: 굉장하다. 내가 느끼는 것을 남이 똑같이 느끼도록 만든다니.

유: 만드는 것에 대한 책임감이기도 하고요. 영화는 남의 돈을 써서 만들기 때문에 이야기를 정확하게 전달해야 해요. 글을 쓸 때도 그 버릇이 있더라고요. 어떤 확신이 들었어요. 이걸 쓸 때 내가 너무 슬펐기 때문에 읽는 이도 아마 슬프겠구나, 하는 자신감이요. 슬픔을 주고 싶다고 생각했어요. 왜냐하면 슬픔이 너무 드물잖아요. 사람들은 웬만하면 슬픔을 느끼고 싶어하지 않잖아요. 이 책으로는 작정하고 슬픔을 주고 싶었어요. 어차피 많이 안 팔리니까. 유쾌하지 않아도 되지 않을까 싶었어요.

이: 왜 많이 안 팔렸는지 의문이에요.

유: 슬픈 마음으로 썼어요. 어떤 사람을 만나고 사랑하게 돼서 나는 더 이상 혼자 지낼 수 없는 사람이 되었는데, 만약 이 사람이 사라지면 어떻게 하지? 라는 생각을 계속 했거든요. 우리 집은 너무 외진 곳에 있고. 내 독립심은 이 사람과 함께 먼지처럼 날아가 버렸고… 사랑을 하게 되니까 걱정이 마구 생겨났죠. 그가 잠깐 편의점에 나갔는데 못 돌아오면 어쩌지, 차 사고가 나면 어쩌지. 그래서 아예 죽었을 때를 생각하고 혼자 남을 때를 상상하며 쓰기도 했어요. 그 두려움을 극복해 보려는 마음이기도 했고요. 지금의 내 이야기는 못 쓰겠더라고요. '나는 지금 행복해, 내 남편 너무 좋아, 우리 집 외딴 곳에 있고 최고야!' 이런 현재의 얘기는 도저히 못하겠는 거죠.

이: 하하하하

유: 차라리 지나간 얘기인 것처럼 만든 거지요. 지금을 과거라고 생각하면 쓸 수 있을 것 같아서요. 저는 혼자 있는 할머니를 보면 굉장히 이입하거든요. 그 할머니 모습이 곧 나처럼 느껴져요. 지금 나는 사랑하는 사람과 함께 살지만 그 사람하고는 물리적으로 나이 차이가 많이 나니까요. 우리가 일반적으로 노화한다면 분명히 저 혼자 남는 순간이

오거든요. 저랑 무척 가까웠던 사람이 세상에 있다가 없어진다고 상상할 때마다 너무나 슬픈 것이죠. 그런 마음으로 썼어요.

이: 좋았던 기억이 다 과거에 있는 사람을 생각하게 되는 책이었어요. 혼자 남은 할머니를 저도 떠올렸어요. 『디스 옥타비아』의 노인은 상대가 죽은 후에도 꽤 더 살아남잖아요. 앨더라는 기구한 시공간에서요. 마치 철저하게 격리되고 감시되는 요양원 같은 곳이죠. 주인공을 돌보는 '율리'라는 미래의 인류가 참 흥미로웠어요. 율리는 누가 누구에게 운명이 될 수 있다는 것을 이해하지 못하는 사람으로 묘사돼요. 이런 질문을 하는 사람이죠.

"그건 마치… 자기 자신으로는 부족하다는 뜻으로 들려요. 내가 살아가는 데 다른 사람이 왜 필요하죠?"

『디스옥타비아』를 읽다가 율리의 이 질문에 놀랐어요. 왜냐하면 자기 자신으로 부족한 건 제겐 너무 당연한 느낌이니까요. 어떤 세계에서 자라야 율리 같은 말을 할 수 있을까요?

유: 율리의 그 태도가 제가 바란 상태였어요. 제가 혼자였을 때, 그리고 언제까지나 혼자일 거라는 예감을 받아들였을 때 간절하게 바란 상태요. 사람에 대한 욕망을 모르는 거예요. 뇌에도 없고 마음에도 없어서 작동하지 않는 것이죠.

이: 그 부분이 이 책에서 가장 SF적이었다고 생각해요.

유: 저도 그렇게 생각해요. 그런 인간은 있을 수 없죠.

이: 책의 마지막 부분에는 '손문상에게'라고 적혀 있어요. 책머리나 말미에 그렇게 적힌 경우가 종종 있지만 보통은 이니셜만 쓰거나 이미 죽은 사람에게 쓰기 때문에 독자가 그들의 현생을 목격하기란 어렵죠. 그런데 유진목과 손문상이라는 사람은 현재 실존하고 있고, 궁금하다면 에스엔에스에서 찾아볼 수도 있고, 둘이 같이 서점도 운영하고 계시죠. 이런 세계에서 '손문상에게'로 끝나는 책을 쓰셨다는 게 놀라웠어요.

유: 눈에 뵈는 게 없었던 거죠. (웃음)

이: (웃음) 저는 이렇게 생각했어요. '이 작가 미쳤다. 미친 사랑을 하고 있다.'

유: 근데 저는 제 사랑이 너무 평범하다는 것을 어느 순간 알아차렸어요. 시간이 좀 흐른 뒤에요. 우리가 굉장히 특별한 줄 알았는데 말이에요.

이: 손목서가에 갔을 때 두 사람이라는 것에 대해 자꾸 생각하게 되었어요. 손목서가의 두 분은 높은 확률로 서로가 서로에게 마지막 상대인 것처럼 보여서요. 물론 백 퍼센트 확신할 수는 없는 일이지만, 누군가의 최종 상대로 거의 확정되는 건 도대체 뭘까, 어떨까, 궁금했어요.

유: 좀 뻔뻔하게 쓴 이야기인 것 같아요.

이: 이만큼 뻔뻔하고 좋고 슬프기는 정말 어렵다고 생각해요. 이 책의 작가가 너무나 약하고도 강한 존재라고 느꼈어요. 저는 남자를 사랑하거나 남자의 이야기를 열심히 듣는 글을 쓰면 독자들로부터 공격을 받을 때가 있어요. 어떤 극단적인 페미니즘은 이성애를 배척하죠. 기혼여성이나 아이를 낳은 여성이나 이성애를 하고 있는 모든 여성

들을 가부장제 복무자라며 비난하지요. 심지어 제가 인터뷰이로 남자를 택한 것부터 트집을 잡기도 하고요.

유: 왜 여자를 인터뷰하지 않았냐는 거죠?

이: 네. 제가 남자의 말을 옮겨 적은 것도 그 분들 맘에는 들지 않아요. 가끔은 이런 메일이 올 때도 있어요. '작가님은 다 좋은데 남자만 안 좋아하면 더 완성된 페미니스트가 되실 것 같아요.'

유: 그런데 페미니스트는 남자를 좋아하면 안 되나요?

이: 어떤 이는 남자랑 연애를 해주지 않는 것이 길고 긴 가부장제의 족쇄를 끊는 것이라고 주장하기도 해요. 비혼, 비연애, 비섹스, 비출산에 동참하지 않는 여자들을 '덜 페미니스트'라고 말하고요. '이슬아 작가 당신은 이제 영향력 있는 여성 창작자가 되었으니까 정치적 레즈비언이 되면 좋겠다'고 말하기도 하고요. '완성된 페미니스트'라는 어떤 허상을 봐요.

유: 상상도 못했어요. 저도 계속 사랑 타령을 하고 있지만

영향력이 별로 없기 때문에 그런 요구를 잘 안 받거든요.

이: 저도 영향력 별로 없지만… 어쨌든 제 주변의 사랑을
계속해서 잘 탐구하고 싶어요.

유: 저의 시집 『연애의 책』 중에는 '잠복'이라는 시가 있
어요.

그 방에 오래 있다 왔다 거기서 목침을 베고 누운 남자
의 등을 바라보았다 그는 우는 것 같았고 그저 숨을 쉬
는 건지도 몰랐다 // 부엌에 나가 금방 무친 나물과 함
께 상을 들이고 싶은 마음이 있었다 그 방에 있자니 오
래된 아내처럼 굴고 싶어진 것이다 일으켜 밥을 먹이
고 상을 물리고 나란히 누워 각자 먼 곳으로 갔다가 같
은 이부자리에서 깨어나는 일 // 비가 온다 여보 // 당
신도 이제 늙을 텐데 아직도 이렇게나 등이 아름답네
요 (…)

남자를 일으켜서 밥 먹이는 장면이 있잖아요. 그런데 한
문인이 '이런 반(反) 페미니즘적인 글을 쓰다니 너무 한
거 아니냐'고 비난했어요. 제가 나이 차이 많이 나는 남자

와 살고 있다는 정보를 어디선가 들은 듯한 문인이었죠. 한 번도 만난 적은 없고요. 시만 보면 남자가 나이 들었는지 아닌지 알 수 없는데, '나이 든 남성에게 밥을 차려 먹이는, 이런 반 페미니즘적인 시가 뭐가 좋다는 거냐'는 식으로 트윗을 올렸더라고요. 그래서 저도 말했어요.

이: 뭐라고 말하셨나요?

유: 만약 밥을 먹이고 싶은 욕망이 반 페미니즘이라면 무엇으로 사랑할 거냐고요. 도대체 뭘로 사랑할 거냐고.

이: 셔터를 내리신 것에는 여러 계기가 있었군요.

유: 네. 알지 못하는 인생에 대해 함부로 떠드는 사람들이 싫어요. 남에 대해 잘 모르면 아무 말도 하지 않는 게 제일 안전하잖아요.

이: 에스엔에스 안에서는 잘 모르는 것에 대해 함부로 말하는 이들도 별 탈 없이 지내죠.

유: 맞아요. 시집 『연애의 책』을 읽고 저에 대한 호감을 에

스엔에스에서 보여주는 분들이 계세요. 동시에 그들 중 누군가는 나이차가 꽤 나는 남녀 커플을 역겨워하는 트윗을 올리기도 하죠. 그가 나에 대해 많이 알게 된다면 분명히 나를 역겨워하겠구나, 하고 알게 돼요. 누군가가 내게 보내는 호감은 나를 다 모르기 때문이고 좋아하는 부분만 보기 때문이지요. 그런 생각을 하면 사람들에 대해 좀 의연해지더라고요. 그게 더 행복한 것 같고요.

이: 4월의 일간 이슬아 연재에서는 유진목 선생님의 시를 인용했었어요. 시집 『식물원』에 실린 「파르카이」라는 시죠. "그는 다시 태어나려고 기다리고 있다"는 문장으로 시작하는. 그 시의 후반부에는 "그는 태어나자마자 여자인 것을 확인하고 / 여자로 사느니 즉사하고 싶었다"는 문장도 있어요.

유: 남자로 태어나는 생도 있고 여자로 태어나는 생도 있지만, 여자일 경우 겪는 공포나 불안이나 부당함을 좀 더 강조하는 부분이었어요. 여자여서 힘든 생이 그 시의 내러티브 안에 있기 때문에.

이: 지난 백 년의 숱한 여자들이 생각나는 시이기도 했어

요. 예를 들어서 1910년생의 여자랄지, 1940년생의 여자들. 천구백 몇십 몇 년에 태어나 격동의 한국 근현대사를 겪어야만 했던 고단한 삶들이 상상됐어요. 태어나서 정말 고단할 삶들이요. 꼭 여러 할머니들의 생애사를 듣는 느낌이었어요. 한편 『디스옥타비아』에는 이런 문장이 나오죠. 2059년의 인간이 2019년의 사회를 돌아보는 장면에서요.

'거리에 남자 같고 여자 같은 것들이 넘쳐났다. 남자답지 않은 것과 여자답지 않은 것은 어떻게든 반드시 문제가 되었다. 남자답지 못한 사람과 여자답지 못한 사람이 안전하게 살아갈 수 없었다'

지금이라면 말도 안 되는 일이라는 듯이, 내 과거지만 생경하다는 어투로 증언해요. 현실에서 2059년이 온다면, 정말 그런 태도로 지금을 회상할 수 있을까요? 여자적인 것과 남자적인 것의 경계가 비교적 흐려지는 사회가 될까요?

유: 지금 시대의 우리가 열심히 애쓰고 있기 때문에 어쩌면 그럴 수도 있을 거라고 생각해요. 지금의 페미니즘이 하는 노력이 꽤나 성공했다는 전제로 2059년의 이야기를 쓴 것이죠. 제가 미래를 점칠 수는 없으니까 확신은 못 하

지만, 그렇게 되길 희망하고 있어요. 옛날에 여자들이 브래지어를 했다는 걸 잘 이해하지 못하는 2059년의 사람들을 상상했어요. 저는 대학 때부터 브라가 너무 답답해서 안 하고 돌아다녔거든요. 근데 어떤 남자가 길을 걷다가 저에게 욕을 퍼붓는 거예요. "가슴도 쪼그만 게 속옷을 안 입고 길바닥에 앉아 있어?"라고요. 그 사람은 너무 추레하게 추리닝이랑 티만 대충 입은 상태였어요. 만약 너무나 잘 갖춰 입은 사람이 내가 뭔가를 갖춰 입지 않은 것에 대해 지적한 거라면 그나마 이해해보려고 시도라도 하겠는데, 자기도 편하게 입은 채로 나한테 욕을 하니까 참을 수가 없었어요. 소리 지르면서 싸웠죠. 2001년의 일이에요. 요즘엔 인터넷 쇼핑몰만 봐도 브라를 안 한 모델들이 나오기도 하니까 점점 괜찮아지지 않을까요? 그리고 영도에는 브라를 안 한 사람들이 정말 많아요.

이: 영도 할머니들도 대부분은 안 하시겠죠.

유: 맞아요. 할머니들은 저를 보고도 별 반응 없어요. '쟤도 안 했구나' 뭐 그 정도? 요새 서울은 어떤지 모르겠네요.

이: 노브라 인구가 늘어나고 있긴 한데 사시사철 무슨 옷

을 입든 상관없이 안 하는 사람은 제 주변에서는 아직 저밖에 없는 것 같아요. 브라자를 안 해도 보통 니플 패치라고, 젖꼭지 가리는 스티커를 붙이거든요. 유두가 티 나지 않도록요. 꽃모양 스티커여서 '젖꽃지'라고도 불려요.

유: 하하하.

이 : 근데 그게 스티커 알러지를 유발해서 유두 근처에 꽃모양으로 빨갛게 자국이 남아요. 피부에 너무 안 좋은 거죠. 그래서 아예 안 하게 됐어요. 요즘엔 강연이나 공연할 일도 많은데 공식 무대에 갈 때도 노브라로 가요.

유: 어제 그 생각을 했어요. 내일 서울국제도서전 무대에 서거든요. 관객이 백오십 명이 온대요. 저는 브라를 안 하는데 내일 입고 가고 싶은 상의는 흰색인 거예요. 잠깐 고민했어요. 흰색 상의 안에 뭔가를 겹쳐 입을까? 그러다가 겹쳐 입을 옷을 집에 두고 나왔어요. 용기를 내보자. 많은 사람들 앞에서.

이: 너무 좋다. 그래도 혹시 젖꽃지 스티커 필요하시면 말씀하세요. 저희 집에 많거든요. 저는 가슴이 안 큰데 그에

비해 유두가 확실히 도드라지는 편이라 불편해요. 멜라닌 색소 때문에 고동색이라서.

유: 저도 그래요.

이: 흰색 상의를 입을 때 주저하게 되고요. 핑크 유두라면 좀 편할 텐데요. 티가 덜 나서.

유: 보통은 흰 옷 말고 다른 색을 선택하게 되죠. 그치만 내일은 입자고 다짐했습니다.

이: 아마도 서울국제도서전 무대에 서는 여자 작가 중 첫 번째 노브라이실 것 같은데요. 토요일에 먼저 1빠로 스타트를 끊으시면 제가 일요일 무대에 서서 2빠를 잇겠습니다.

유: 아무튼 할 수 있는 것이 있으면 하자고요.

이: 맞아요. 할 수 있고, 하고 싶은 것.

자기 스스로의 신

살아오는 동안에 나는 사람들이 자기 스스로의 신이
되어야 하고 스스로 행운을 만들어내야 한다는 것을
알게 되었다.

– 옥타비아 버틀러, 『야생종』, 11쪽

이: 유진목 선생님의 소설에는 옥타비아 버틀러의 문장이
인용되어 있어요. 그는 1940년대에 태어난 여자고 흑인
이고 SF작가죠. 그의 문장이 선생님 소설에서 아주 알맞
은 자리에 위치하고 있다고 느꼈어요. '자기 스스로의 신
이 된다는 것'에 대한 문장도 인용하셨는데요, 선생님에게
'스스로의 신'은 구체적으로 어떤 것일까요?

유: 지금은 남편과 제가 서로의 보호자 역할을 할 수 있게 되었지만 그렇게 된 지는 불과 삼사 년 밖에 안 됐어요. 그 전까지는 부모님하고도 단절되었고 저를 지켜줄 수 있는 사람이 곁에 없었죠. 일단 아프지 말아야 했어요. 큰 일이 벌어지면 안 되고요. 갑자기 큰돈이 들어가는 일을 만들어서도 안 되죠. 그렇게 지내면 운신이 폭이 정말 좁아져요. 유일하게 좋은 것 하나는 아프지 않으려고 신경을 쓰다 보니깐 정말로 안 아프더라고요.

이: 스스로의 보호자가 되는 것과도 비슷할까요.

유: 네. 신을 보고 전지전능하다고 하잖아요. 그냥 나 스스로 가급적 그렇게 되어야 했던 것이죠. 예전의 저에겐 정기적으로 연락하는 사람이 없었어요. 물론 친구들이 있었지만 두 달이나 세 달, 길게는 반년에 한 번씩 연락하는 사이니까. 만약 제가 방에서 혼자 돌연사를 해도 알아차릴 사람이 없던 거죠. 어쩌면 백골화할 수 있다는 생각도 들고… (웃음) 제가 게으른데도 불구하고 집이 너무 엉망진창이 되지 않도록 노력했던 것도 그래서예요.

이: 『디스옥타비아』의 주인공이 자신을 다루는 방식처럼

말이죠?

말하자면 나는 의도적으로 특정한 감각을 강화시키며 살아왔다고 할 수 있다. 어떻게든 살아 있어야 한다는 쪽으로 말이다. 살아 있고 싶도록 깨끗하게 옷을 입고, 살아 있고 싶도록 정갈하게 책상을 정리하고, 살아 있고 싶도록 집 안에 쓰레기가 쌓이지 않도록 했다. 살아 있고 싶도록 아름다운 것들을 보고 싶었고, 살아 있고 싶도록 나를 먼 곳으로 데리고 가고 싶었다. 그리하여 살아 있고 싶도록 맛있는 음식이 주는 기쁨을 즐기고 싶었다. 살아 있고 싶도록 나는 내가 벌어들이는 돈을 썼다. 내가 가진 적은 것들이 나를 비참하게 할까 봐 대범한 마음과 대범한 태도를 가지려고 했다. 삶을 살아가고 싶은 마음이 들도록, 무엇보다 몸이 그 마음을 감당할 수 있도록, 나는 나를 훈련시켰다.
― 유진목, 『디스옥타비아』, 105쪽

신 얘기가 나와서 말인데 유진목 선생님 사진 중에 가이아처럼 나온 사진이 있어요. 대지의 여신 가이아요. 그 사진이 너무 좋아서 혹시 가이아 아니시냐고 제가 댓글 달았는데요.

유: 그 댓글 때문에, 손문상이 계속 놀려요.

이: 가이아라고요?

유: 제가 나타나기만 하면 "가이아 님이 나타났다." 가세에 늦게 나가도 막 "가이아 님 오셨습니까."

이: 너무 웃겨요.

유: 저도 사람들 웃기는 걸 좋아해요.

이: 뭘로 웃기세요?

유: 그냥 아무 말이나 하면서. 만담처럼 웃기는데 아마 잘 상상이 안 되시겠죠.

이: 아니에요. 사실 아까 들어올 때부터 조금 웃기셨어요.

유: 몸 움직이는 것도 좋아하고 많이 떠들고 막 춤춰요.

이: 선생님에겐 어떤 친구들이 있으세요?

유: 많지는 않아요. 일단 손문상이 제일 친한 친구고요. 다른 친구들과는 가끔씩만 연락을 하죠. 하지만 많은 사람이 필요하지는 않은 것 같아요. 제가 서울 살 때 힘들었던 게, 주변에 사람들이 많은데 이 많은 사람들이 내게 아무 소용없다고 느꼈기 때문이에요. 그게 참 슬펐어요. 나중엔 제주도로 영도로 집을 옮기면서 물리적 거리가 멀어졌죠. 그러면 친구들이 내 목숨을 유지하는 데 무언가를 해주리라는 기대를 전혀 안 하게 돼요. 가까이에 있으면 뭔가 털어놓고 싶기도 하고 도움을 받고 싶기도 할 텐데, 거리가 멀어지니까 마음이 편해지는 거예요. 기대도 없고 실망도 없죠. 가끔 보면 참 반갑고요. 다만 혼자 있다고 해서 마음이 조용한 건 아니니까. 『디스옥타비아』의 율리 같은 태도를 갖고 싶었던 것 같아요. 누구를 절실히 필요로 하지는 않는 상태요. 하지만 정말 그런 사람이 될 수는 없겠죠. 인간은 그렇게 태어나지 않았으니까요. 그렇다고 많은 사람이 필요한 건 아니에요. 서너 명 정도. 다섯 명 이상 넘어가면 너무 많아요.

이: 저도 지금 가장 친한 친구는 애인이에요. 애인이랑 한 집에서 지내는 동안 둘 사이에서 거의 모든 감정이 해소되죠. 둘만 있어도 충만하니까 다른 관계를 깜빡 잊기도 하

고요. 그러다 어느 날 큰일났다는 느낌이 들죠.

유: 왜요?

이: 애가 아니면 안 될 것 같은 바보 같은 기분이 되니까
요. 애가 제게서 멀어진다면 저는 중상을 입은 사람이 될
거고요. 그런 게 두려운데요. 그 두려움이 선생님의 책들
에서도 느껴져서 반가웠어요.

유: 두려움 때문에 서로 공감하게 된 걸 수도 있어요. 왜,
그런 사람들도 있잖아요. '여자가 그렇게 의존적이어서는
안 된다. 그것이야말로 여성들이 투쟁으로 얻어놓은 것을
거스르는 것이다.' 저는 예전에 연애할 때는 애인들이랑
미친 듯이 술 먹고 담배 피웠어요. 담배 두 대를 입에 물고
불 붙여서 하나 나눠주면서 멋진 척하고…

이: 하하하.

유: 그런데 이제는 손문상이 담배를 너무 많이 피우면 걱
정이 되는 거예요. 나보다 빨리 죽을까 봐. 예전에 혼자 살
때는 제가 책임질 수 있는 만큼만 벌려놓고 살았어요. 내

가 낼 수 있을 만큼의 월셋집에만 살고, 신고 다닐 수 있을 만큼의 가구만 사고… 그런데 지금은 책임져야할 게 두 사람 몫으로 늘어났다고요. 네가 먼저 죽으면 이걸 다 나 혼자 어떻게 하라고! 너 때문에 의자도 네 개 됐고 책상도 이렇게 커졌고 컴퓨터도 네 컴퓨터가 더 큰데, 이것들 다 어떡하라고 진짜. 당신 무슨 배짱으로 아무렇게나 막 사는 거야? 제가 그런 잔소리를 하고 있어요. 어쩔 수 없는 것 같아요. 만약 내가 언제든 혼자가 되어도 괜찮으려면, 절대로 두 사람의 삶을 편안하게 늘려갈 수 없어요. 뭐 하나를 포기해야 해요.

이: 결혼이 안 두려우셨나요?

유: 두렵지 않았어요. 일단 그냥 같이 살고 있었고요. 둘 중 누가 아플 때 병원에 같이 가야 하니깐 혼인신고를 했어요. 그저 필요한 걸 하는 느낌으로 했죠. 딱히 사람들한테 알릴 필요는 없었는데 어느 순간 알리기로 한 건, 동네 사람들로부터 궁금해하는 신호가 막 왔기 때문이에요. '저 둘은 뭘까…' 하고요. 결혼하기 전에는 저희를 어떻게 대해야 할지 잘 모르는 것 같았어요. 그래서 그냥 저희를 부부라고 말했어요. 당신들이 생각하는 그 부부가 맞다고.

그러자 편하게 대해주시더라고요.

이: 나이가 들수록 사는 게 더 좋아지셨을지 궁금해요. 돌아가고 싶은 시절이 없는 사람의 이야기처럼 읽히기도 해서요.

유: 저는 제주도에 살던 시기 이전으로는 돌아가고 싶지 않아요.

이: 거기에 언제부터 사셨어요?

유: 2016년 1월부터요. 삶이라는 게 얼마 안 되었어요. 제가 제 삶을 살기 시작한 지가 정말 얼마 되지 않았어요.

이: 손문상 선생님을 만난 것과 상관이 있나요?

유: 모든 게 다 맞물리는 것 같아요. 오로지 그 사람 때문만도 아니고요. 그 사람 때문에 지독하게 힘들었던 것도 있어요. 맞춰가야 하는 거잖아요. 저희도 부서져라 싸웠어요. 힘든 점도 많았지만, 삶이 시작된 건 그 무렵부터인 것 같아요. 오늘 아침에 양치하면서 생각했는데 고양이랑 살

기 이전은 더 기억이 안 나요. 고양이가 있었던 시간 때문에 무언가가 기억 날 때가 많거든요. 혼자서 살았을 땐 주변 상황이 기억에 남지 않았어요. 고양이가 오면서 삶에도 디테일이 생긴 거죠. 고양이와의 디테일, 사람과의 디테일이 생기니까 삶이 좀 나아졌어요. 내가 뭘 하지 않아도 벌어지는 일들이 생겨난 거예요. 그 전에는 내가 움직여야만 무슨 일이 벌어지곤 했거든요. 그게 너무 지긋지긋했어요.

이: 이전에는 쭉 혼자 사셨나요?

유: 네. 열여덟 살 때부터 자취를 했어요. 고시원부터 시작했어요. 지긋지긋했어. 진짜로 기억이 잘 안나요. 어둡고 미개했지요.

이: 그러던 어느 날 길에서 노브라로 시비 거는 아저씨랑 싸우기도 하고요?

유: 네. 그런 일이 간혹 있고요. 언젠가 굉장히 지저분한 오돌뼈 집에서 술을 먹었던 기억도 나고. 도서관에서 막대기에 걸려있던 옛날 신문을 봤던 것도 기억이 나네요. 신문 보는 것을 좋아했어요.

이: 영화판에서 일하며 무언가를 훈련한 시기이기도 하셨을 텐데요. 아까 말씀하셨던 '내가 느끼는 것을 관객들도 똑같이 느끼도록 하는 훈련'이랄지.

유: 그런데 그건 남의 것을 대리 체험하는 것이지요. 내 영화가 아니니까요. 제 역할은 스크립터였어요. 스트립터란 '감독님의 외장하드'라고 농담 삼아 말하곤 했어요. 저자체가 정보를 저장하는 사람인 거죠. 감독님이 내게 하는 질문에 정확하게 답할 수 있도록, 이 영화가 만들어지는 과정을 완벽하게 외우고 있어야 하죠.

이: 그렇다니 정말 대단하게 들려요.

유: 그치만 내 것을 발전시킨 건 아니죠. 영화 찍을 때 체력적으로 너무 힘들고 공동체 생활도 끔찍하게 싫었어요. 그런데도 왜 계속 했냐면… 그 일 때문에 삶이 그냥 흘러 갔기 때문이에요. 아침에 나와 현장에 테이블을 펼치고 모니터를 설치하고 차를 끓이고 오늘 찍을 분량을 확인하고 있으면 스텝들이 하나둘씩 나오고 감독님도 나오죠. "나도 차 한 잔 마실 수 있어?" 물어보면 "네, 드세요." 하고. 나름 재미있는 일들이 일어나고. 그 이야기가 내 것은 아

니지만, 영화에 의해서 삶이 그냥 흘러가죠.

이: 엄청 많은 약속에 의해서요.

유: 네. 그래서 영화가 끝나갈 즈음엔 두려운 거예요. 집에 돌아와서 눕고 다음 날 눈을 뜨면 뭘 해야 할지 몰라서… 게다가 언제까지나 스크립터를 할 수도 없어요. 조감독들과의 서열도 생기고요. 제가 마지막으로 했던 영화에서는 농담처럼 그런 얘길 들었어요. "아, 내가 누나한테 일을 맘 편하게 시킬 수가 없네." 그럼 저는 대답하죠. "아니야, 시켜."

이: 왜 맘 편하지 않은 거예요? 나이차 때문에요?

유: 네. '스크립터 모시고 일해야 한다'는 얘기가 나오면 결국 현장을 떠나서 자기 이야기로 데뷔를 해야 하는 순간이 오는 거죠. 하지만 그건 묘연하잖아요. 알 수 없는 일이고요. 제일 두려운 건 생계가 끊기는 거예요. 더 이상 월급도 받을 수 없으니 큰 위기가 찾아오는 건데, 2015년에 참여했던 영화에서 프로덕션을 끝까지 마칠 수 없겠다 싶을 만큼 체력이 바닥나서 인수인계를 했거든요. 다른 스크립

터한테. 그렇게 그만두게 되고 절망적이던 차에 손문상을
만났죠.

이: 어디서요?

유: 쿠바를 같이 가게 됐어요.

이: 무슨 돈으로요?

유: 어느 출판사에서 『쿠바의 책』이라는 단행본을 쓰는 조
건으로 쿠바에 세 사람을 보내줬거든요. 여행 경비를 대주
고. 저랑 손문상이랑 어떤 분이랑 셋이 그렇게 우연히 같
이 가게 됐어요.

이: 선생님은 돌을 엄청 좋아하시잖아요. 여행할 때마다
그 지역의 돌을 주워 오신다는 얘길 들었어요. 쿠바에서는
어떤 돌을 주워오셨나요?

유: 안 주워왔어요.

이: 왜요?

유: 연애하느라. 아하하.

이: 하하하하. 그래서 책은 나왔나요?

유: 아뇨. 안 썼어요.

이: 세상에.

유: 너무 뻔뻔하죠.

이: 아니, 쿠바 여행을 하고, 인생의 사랑을 찾고, 책은 안 쓰고… 너무 일석삼조 아닌가요. 결국 『쿠바의 책』 말고 『연애의 책』만 쓰셨네요.

유: 저는 사람들에 대한 두려움이 많아요. 남들이 내 뜻대로 움직이지 않을 거라는 걸 늘 염두에 두죠. 그렇기 때문에 늘 조심해요. 저 역시 다른 사람들의 뜻대로 움직이지 않잖아요.

이: 아까 스스로를 '제멋대로'라고 말씀하셨죠?

유: 네.

이: 선생님은 왜 이렇게 제멋대로세요?

유: 교육을 받지 못했잖아요.

이: 무슨 교육이요?

유: 가정교육. 하하하하.

이: 하하하하. 너무 웃기다.

유: 정말로 저는 가정교육을 받지 못했어요. 초등학교 때부터 가정에서 어떤 교육도 못 받았어요. 국가의 도움 없이는 목숨을 유지할 수 없을 정도로 내몰리는 경우가 있잖아요. 그런 수준 바로 위가 제 상황이었던 것 같아요. 그 정도로 가난했어요. 보증금이 있고 다음 달에 월급도 나온다면 가난하다고 말하면 안 되는 것 같아요. 더 가난한 사람들 앞에서 부끄러운 행동이잖아요. 나보다 잘 사는 사람 앞에서라면 몰라도, 나보다 못 사는 사람 앞에서 자신이 가난하다고 말하면 그것만큼 파렴치한 것도 없어요. 아

무튼 제가 아는 사람들은 모두 저보다 경제적으로 여유가 있었어요. 자기가 하고 싶은 일로 돈을 버는 사람들도 있었고요. 저는 그들보다 가난했고 교양이 없었지요. 교육을 못 받았잖아요. 교양이라는 걸 갖추고 싶어서 영화를 되게 열심히 봤어요. 그러다가 영화 일을 하게 된 거예요.

이: 교양을 갖추고 싶어서 영화를 보셨다고요?

유: 네, 식사 예절 같은 거요. 여러 사람이 식사할 때 교양 있는 사람들은 저런 모습으로 밥을 먹는구나, 하고 보는 거죠. 제가 프랑스 영화로 예절을 배웠거든요. (웃음) 이십 대에 한 출판사에 다녔는데 그 출판사의 사장님은 부자로 태어나 부자로 자란 사람이었어요. 점심시간에는 기분 낸다고 직원들을 자주 뷔페에 데려갔죠. 뷔페에서 저는 영화에서 본대로, 프랑스 사람들이 먹는 식으로 식기를 다루며 먹었어요. 그렇게 먹으면서 꼭 사람들의 눈을 바라봤어요. 영화에서는 꼭 눈을 마주치면서 이야기를 하며 밥을 먹더라고요. 그러자 사장님이 저를 부잣집 아이라고 생각한 거예요. 그러더니 이렇게 물었어요. "외국에서 살다왔지?"

이: 하하하하.

유: 에릭 로메르 영화에서도 그렇게 먹잖아요.

이: 엄청 천천히 먹고, 오래 이야기하면서 먹고. 책 읽으면서 먹고.

유: 네. 영화판에서 일할 때도 스태프들이 다들 허겁지겁 먹는데 저 혼자 막 책 읽으면서 밥 먹었거든요.

이: 프랑스 영화가 그렇게 가르쳐서요?

유: 네. 어떤 촬영 감독은 자기가 콘티 짜는 동안 옆에서 커피 마시며 책 읽는 사람은 네가 처음이라고도 했어요. 다들 핸드폰 만지거나 자니까요.

이: 읽는 척이 아니라 진짜 읽으셨던 거죠?

유: 그렇죠. 읽고 있었겠죠. 교양 있고 싶었어요. 정말 너무 너무 교양 있고 싶었던 거예요. 고등학교 졸업하고 교복을 벗었는데 입을 옷이 없었어요. 그래서 엄마 옷을 입

고 대학에 갔어요. 늙은 사람의 옷이었어요. 요즘 유행하는 레트로 빈티지 그런 거 아니고, 그야말로 늙은 사람의 옷이요. 입고 싶어서 입은 옷은 아닌데 그거 아니면 교복밖에 없어서 입은 거거든요. 친구들이 뭐라고 하더라고요. 옷이 이상하다고. 좀 그렇다고.

이: 저라면 표정 관리가 잘 안 됐을 것 같아요.

유: 못 들은 척했어요. 계속 멍한 상태였던 것 같아요. 그런 말들이 귀 바깥으로 멀어졌어요. 그러다가도 가슴에 뭔가가 남아요. 혼자 집에 가는 길에 그런 말들이 기억이 나요. 그래서 과외를 해서 돈을 벌면 옷을 샀어요. 옷에 대한 분노가 생겼죠. 뒤틀린 욕망이 된 거예요.

이: 그때는 어디서 옷을 사셨어요?

유: 혼자 동대문에 갔어요.

이: 밀레오레, 두타 이런 곳이요?

유: 네. 그런네 그렇게 사는 옷은 마음에 들지 않아요.

이: 게다가 이십 대는 패션의 과도기이기도 하니까요.

유: 맞아요. 후회할 옷을 사죠. 건강하지 못한 소비를 하고 죄책감을 느끼죠. 그걸 해결하려고 열심히 노력했어요. 왜냐하면 뒤틀림 없이 살고 싶으니까.

이: 『교실의 시』라는 책에 실린 유진목 선생님의 산문이 생각나요.

세상에는 가난해서 생겨나는 일들이 있는데 나는 그런 일들을 비교적 또렷하게 기억하고 있다. (…) 수업을 마치고 친구들이 롯데리아에 갈 때면 나도 같이 가고 싶을 때가 있었지만 그럴 만큼의 돈이 없었다. 한 번은 친구들과 어울리고 싶은 마음에 아무것도 시키지 않고 그저 앉아 있었던 적이 있는데 그 뒤로 절대로 그런 일은 하지 않았다. 그 일로 나에게 돈이란 '없으면 어떤 일을 경험할 수 없는 것'이라는 개념이 어렴풋이 생겨난 것 같다. 지금의 내가 돈과 경험을 맞바꾸는 것에 전혀 주저함이 없는 것을 보면 아무래도 맞을 것이다.

– 유진목, 『교실의 시』, 97~98쪽

여러 시인들의 유년기와 청소년기를 다루는 책이죠. 열두 편의 이야기 모두 처절한 데가 있어서 읽는 동안 마음이 좀 아팠던 것 같아요. 롯데리아에서 아무것도 안 시키고 앉아있는 어떤 아이를 생각하면 특히 그래요.

유: 학교에서 집까지 걸어다닐 수 있는 거리였어요. 수중에 돈이 한 푼 없어도 학교를 다닐 수 있었던 거죠. 지금 생각해보면 친구들도 참 못됐어요.

이: 차라리 나중에 갚으라고 하고 돈을 빌려준 뒤에 같이 사먹을 수도 있었을 텐데요.

유: 친구들은 제가 그 자리에 있는 게 싫었던 것 같아요. '이럴 거면 아예 오지 말지'라고 생각하는 게 느껴졌어요. 그래서 잊히지 않아요. 저는 이십 대 후반까지의 많은 기억을 잊어버렸는데요. 다 기억하면 아프니까 저를 보호하려고요. 하지만 그 날은 기억나요. 롯데리아 매장의 크기와 내가 앉았던 자리와 친구들… 그 친구들 지금 어떻게 살고 있을까 생각해요 가끔.

이: 만약 선생님이 인터뷰어가 된다면 누구를 인터뷰하고

싶으세요? 원하는 대로 만날 수 있다는 전제라면요.

유: 음… (한참 고민하다) 제가 이렇게 타인에게 관심이 없어요.

이: 선생님은 엄청 여러 책을 읽으면서 지내시잖아요.

유: 아! 요즘에는 주디스 버틀러에 꽂혀 있고 너무 감동을 받았어요.

이: 왜요?

유: 이 사람이 하는 질문이 너무 좋아서요. 아까 작가님이 『디스옥타비아』를 읽고 좋았다고 했던 것처럼, 저는 제가 평소에 쭉 생각했던 것을 주디스 버틀러가 되게 멋있는 말로 써놨다고 생각했어요. 그래서 만나보고 싶… 지는 않고 그냥 먼 발치에서 바라보고 싶네요.

이: 인터뷰를 하고 싶지도 않고 강연을 듣고 싶지도 않고 그냥 보고 싶다는 거죠?

유: 네. 멋있게 생겼더라고요. 그리고 또 인터뷰하고 싶은 사람은⋯ 우리 엄마? 왜 그랬냐고 묻고 싶어요. 나한테 왜 그랬어? 그때 왜 그랬어? 묻고 싶어요. 기회가 된다면 엄마를 좀 알고 싶어요. 엄마가 이 세상을 떠나기 전에 한 번쯤 묻고 싶은데, 우리 엄만 아마 묵인할 테니까 묻시 못하겠지요. 그런 게 되게 슬픈 일인 것 같아요. 제가 가장 처음 셔터를 내린 사람은 엄마인 것 같아요. 아빠는 고민할 대상이 아니었어요. 어디 갔는지 알 수도 없고요. 엄마에 대해서는 제가 계속해서 마음을 쓰다가 '와, 셔터를 내리지 않으면 내가 살 수가 없겠다' 싶어서 그만둔 거예요. 너무너무 가슴이 아팠어요. 지금도 생각하면 가슴이 아파서 글로도 썼어요. 「반송」이라는 시였어요.

이: 네. 기억해요.

엄마는 나를 키우는 일에 미숙한 여자였습니다

어디선가 이 글을 읽는다면 혼자서 눈물을 쏟을지도 모르겠습니다

나의 엄마는 엄마로부터 버림받았습니다 대천의 유지

였던 최진동의 네 번째 정부는 모든 일이 잘못되자 그의 부인 강청문 여사가 살고 있는 본가로 찾아가 일곱 살 난 아이를 두고 가버렸습니다 그날 흙먼지가 날리는 툇마루에 앉아서 희부옇게 사라지는 엄마를 보았습니다 엄마는 엄마가 돌아오지 않을 거라는 걸 알았다고 합니다

내가 어렸을 적에 엄마는 그 이야기를 자주 들려주었습니다 사진첩을 넘기다가도 이게 바로 그 툇마루야 하면서 말입니다 나는 엄마가 집을 나설 때마다 사진 속의 잘 닦여진 툇마루를 떠올리곤 했습니다

엄마는 어떻게든 다시 서울로 가고 싶었습니다 엄마를 찾을 심중이었는지는 나도 모르겠습니다 고등학교를 졸업할 때까지 잠자코 기다렸다가 지금은 이름을 잊어버린 종로의 한 중견 상사에 비서로 취직했습니다 친구들로부터 부러움 섞인 엽서도 많이 받았습니다 그 중에 서울에서의 취직 자리를 간곡히 청하는 편지도 있었지만 일이 잘 되지는 않았다고 합니다 엄마는 결제 서류나 계약서 따위가 든 봉투를 들고 광화문의 거래처로 외근을 나가곤 했습니다 나는 그 시절의 모습

이 담긴 사진도 보았습니다 사진 속의 엄마는 세련된 차림을 하고 있습니다 월급에 과분한 옷을 사들이는 일에도 주저하지 않았다고 합니다 얼마 뒤 자신이 들고 간 서류에 서명을 하던 남자와 살림을 차리고 나를 낳았습니다 유복한 생활이 엄마를 안심시켰고 모든 일이 잘 되리라는 믿음이 있었습니다

그러나 엄마는 나를 키우는 일에 미숙한 여자였습니다 아빠는 모든 일이 잘못되자 종적을 감추었습니다 나는 잠자코 기다리지 못하고 고등학교를 졸업하기 전에 집을 나와버렸습니다

그 시절 이야기는 하지 않으려고 합니다 어릴 때는 사소한 일에도 많이 노여웠는데 이제는 그렇지 않습니다 언제는 살아가는 일이 싫다가도 또 언제는 살아봐서 좋았다고 생각합니다 그러면 마치 내가 죽은 사람 같아서 웃음이 납니다 아침이면 밥을 지어놓고 마루에 앉아 창문을 보는 일이 가장 좋습니다 함께 사는 사람은 내가 지은 밥을 맛있게 먹습니다 모든 일이 잘 되리라는 믿음은 없습니다 다만 계속해서 살아가보려고 합니다

엄마는 내가 제일 처음 떠나 온 주소입니다

나는 잘 지내고 있습니다

이 시, 「반송」도 그렇고 바로 뒤에 이어지는 「미경에게」라는 시도 너무나… 너무나 가슴이 아팠던 게 생각나요.

유: 엄마에 대해 알고 싶은 심정으로 재구성을 해보았어요. 제가 알고 있는 사실들을 가지고요. 우리 외할머니 이름은 강성문이지, 외할아버지 부인이 다섯 명이었는데 우리 엄마는 그중 몇 번째의 딸이었지, 이런 것을 혼자 기억하며 썼어요. 그 후 시집이 나와서 낭독회를 하게 됐어요. 낭독회 순서에 「반송」이라는 시를 넣었는데, 읽다가 저도 모르게 울어버린 거예요. 사람들 앞에서요. 중간에 나가버렸어요. 나머지를 다른 분들이 이어서 읽어주셨어요. 엄마에게 셔터를 내리기는 했지만 가장 슬픈 존재인 것 같아요. 안 됐어요. 내가 더 잘 살수록 그래요.

이: 잘 살수록…?

유: 못 살 때는 다 같이 못 사니깐 괜찮은데 지금은 내가

내 마음에 들고, 전보다 훨씬 건강하고, 많은 사람들 앞에서도 부끄럽지 않잖아요. 엄마는 아마도 그러지 못할 거거든요. 혼자 힘들게 있을 텐데 내가 그걸 어떻게 마주해야 하나 싶어요. 그래서 『교실의 시』 원고를 못 쓰겠다고 했어요. 결국 썼지만, 가끔 그런 생각을 해요. 내 글을 읽으면 엄마가 얼마나 상처를 받을까. 하지만 흘러가는 삶을 제가 다 통제할 수가 없어요. 이제는 엄마가 어디에 있는지 잘 모르겠어요. 물리적인 공간이 아니라 그 사람의 정신과 마음이 어디에 있는지 점점 모르겠는 거예요. 제 삶이 나아지면 다시 만나야지 생각했는데 오히려 너무 행복하니까 만날 수가 없어요. 그래서 지금은 엄마가 안 죽었으면 좋겠어요. 이 상태를 유지하기 위해서… 그래서, 엄마를 인터뷰해보면 좋겠다는 생각이 들어요.

이: 쉽지 않을 것 같아요.

유: 마음의 준비가 안 될 것 같아요.

이, 유: (눈물 닦으며 웃음)

유: 이놈의 엄마! 그래서 제가 『일간 이슬아 수필집』 읽을

때 좋았던 거예요. 딸이랑 엄마가 계속 무언가를 주거니받거니 하는 게 너무너무 좋았어요. 가상 체험처럼.

이: 오히려 더 버겁거나 슬프지는 않으셨어요? 선생님한테는 없었던 행운이니까 괜히 송구스러운 마음이에요.

유: 그런 시기는 지났어요. 예전에 친구들이 다들 저보다 상황이 나았다고 말씀드렸죠? 열등감을 심하게 지닌 적이 한때 있었어요. 그런데 그 열등감을 계속 가진 채로는 내가 양지의 삶을 살 수 없겠더라고요. 돈이 있고 없고를 떠나서 정신적으로 양질의 삶을 살 수 없겠다는 느낌이요. 그래서 좋아하기 시작했어요. 남의 좋은 것을 저도 좋아하기 시작한 거예요. 그걸 좋아하기로 마음을 연습했어요. 그랬더니 되게 좋더라고요. 제 옆에 좋은 사람들도 많이 생겨나더라고요.

이: 그 마음을 연습한 게 무엇인지 이해할 수 있어요. 마음을 고쳐먹는 것이기도 하고 다시 생각하는 것이기도 하잖아요.

유: 맞아요. 그러니까 엄마는 저에게, 사랑하면서 사는 법

을 반대로 알려준 사람이고 사랑을 깨우치게 해준 일등 공신이기도 해요. 엄마는 같이 있으면 너무 불편한 사람이었어요. 끊임없이 죄책감을 심어줬고요. 제가 집을 뛰쳐나올 정도로. 그래서 원칙이 생겼어요. 내가 만약 사랑하는 사람과 같이 살게 된다면 함께 집에 있는 것이 불편하지 않게 하자. 손문상은 저랑 같이 사는 것을 좋아하는데요, 처음에는 어색했대요. 제가 무언가를 끊임없이 전하거나 요구하지 않아서요. 뭘 해도 크게 관심 안 두니까 눈치 볼 필요 없고 집에 들어갔을 때 별 문제가 없으니까 편안하다는 느낌을 받았대요. 그때 내가 해냈구나, 싶었어요. 이 인간성을 스스로 만들어냈구나, 하는 성취감도 들고요.

—

우리는 몇 개의 살구를 더 먹고 몇 대의 담배를 더 피우며 몇 사람에 대한 이야기를 더 나눴다. 창밖으로 날이 어두워지고 있었다.

유진목 선생님이 내 집을 떠난 저녁에 나는 서재를 곧바로 치우지 않았다. 선생님이 다녀간 흔적을 다음 날 아침까지 두고 싶었다. 살구 씨랑 과도랑 찬물이 담겨 있던 컵이랑 재떨이랑 나무그릇, 그리고 아주 많은 이야기들이 책상 위에 남아있었다. 사랑과 용기도 남았다. 사랑과 용기에 대해 묻지도 않았는데 거기에 분명히 있었다. 자신의 쓸쓸한 곳을 그것들로 채운 사람이 다녀갔기 때문이다.

자기 스스로의 신이 되는 일에 대해 나는 자꾸 생각했다. 우리 각자에게는 아주 작은 전지전능함이 있다. 겨우 그것만 있거나, 무려 그것이 있다. 선생님이 소심한 전지전능이라고도 말했던 그것.

한 집에 있기 좋은 사람이 되는 것. 남의 좋음을 나도 좋아하는 사람이 되는 것. 혼자서도 잘 있는 사람이 되는 것. 스스로의 보호자가 되는 것. 그러다 혼자가 아닌 사람이 되는 것. 사랑하는 이의 이름을 망설임 없이 부르는 것. 노브라로 무대에 서는 것. 미래의 내 눈으로 지금의 나를 보는 것. 닮고 싶은 사람들의 모습을 따라 밥을 먹는 것. 사랑 속에서 아무에게도 설명할 필요가 없는 낮과 밤을 보내는 것. 기쁨과 슬픔이 하나라는 것을 알게 되는 것. 셔터를 내리는 것. 떠나는 것. 불행한 시간에 굴복하지 않는 것. 때로는 삶에 대해 입을 다물며 그저 계속 살아가는 것. 울다가 웃는 것.

이런 성취들을 나는 '작은 전지전능'이라고 부르고 싶다. 유진목 선생님의 힘을 빌려 나도 나를 위한 신이 되어 간다.

이슬아 × 김원영

2019.08.19.

몸의 디테일

이번 여름 나는 아주 긴 제목의 연극을 봤다. 연극의 제목은 〈사랑 및 우정에서의 차별금지 및 권리구제에 관한 법률〉이었다.

한 명뿐인 배우의 모습이 어둠 속에서 나타났다. 그는 휠체어를 굴리거나 오르내리거나 바닥을 기거나 춤을 추며 한 시간 동안 무대를 휩쓸었다. 그에 관해서라면 '휩쓸었다'는 말을 망설이지 않고 적을 수 있다.

처음엔 우람한 상체가 보였다. 그다음엔 상체에 비해 가느다란 다리가 보였다. 멋지고 강인한 턱이 보였다. 팔이 커다랗게 움직이는 모양이 보였다. 미세한 손끝이 보였다. 노련한 손길로 굴려지는 휠체어 바퀴가 보였다. 그러다 어느새부턴가 두 눈밖에 안 보였다. 너무나도 형형한 눈빛이었다. 절대로 잊을 수 없을 것 같았다.

이 강렬한 연극의 주인공은 김원영이다.

연극이 끝나고 난 뒤 나는 노래를 만들었다. 〈편애의 춤〉이라는 제목의 노래다. 작곡이 익숙하지 않은 나 같은 사람도 움직이게 하는 어떤 힘이 그 연극에 있었다. 얼마 후 그에게 메일을 보냈다. 지금 가장 궁금한 예술가는 당신이라고, 나는 당신에게서 배우고 싶다고 썼다.

그의 직업은 변호사인데 나는 변호사로서의 김원영보다도 작가로서의 김원영에 대해 자세히 탐구하고 싶었다. 그는 골형성부전증으로 휠체어를 타는 장애인이다. 두 권의 아름다운 책을 낸 저자이고 배우이다. 그의 글과 말과 춤에서 나는 사랑과 우정에 대한 치열하고 오래된 고민을 본다. 그가 우아함과 아름다움과 노련함과 유머를 어떻게 갈고닦았는지도 본다.

그가 쓴 『실격당한 자들을 위한 변론』과 『희망 대신 욕망』은 몸에 관한 책이다. 몸 중에서도 장애나 질병을 가진 몸에 관한 책이자 그 몸들이 가진 존엄과 매력을 묘사하는 책이다. 장애인을 둘러싼 법과, 법이 닿을 수 없는 사랑과 우정의 영역을 다루는 책이기도 하다.

우리에게는 각자가 가진 생생한 고유성과 숨겨진 '아름다움'을 전개할 무대와 관객이 필요하다. 나는 이러한 무대가 설계되어 진지한 관심을 가진 관객을 만날 수 있다면, 우리 모두가 훨씬 깊은 존중을 받으며 매력적인 관계로 진입할 자격이 있는 사람들임을 보이고자 한다. 이를 위해 주요한 사례로 언급하는 이들은 장애나 질병을 가진 사람들이다.

– 김원영, 『실격당한 자들을 위한 변론』, 15쪽

이 짜릿한 독서에서 나는 아름다움에 대해 처음부터 다시 배우는 느낌이 들었다. 어느 한여름 오후, 휠체어 출입이 어렵지 않은 건물에서 우리는 만났다. 김원영 작가가 바퀴를 부드럽게 밀며 내 앞으로 다가왔다. 춤과 몸과 우정과 사랑에 대해 우리는 이야기하기 시작했다.*

—

이: 인터뷰 준비를 하면서 자꾸 불안했어요. 김원영 작가님이랑 저랑은 지성의 체급이 너무 안 맞는다는 생각이 들

---

* 〈사랑 및 우정에서의 차별금지 및 권리구제에 관한 법률〉은 〈사랑 및 우정〉으로 줄여서 표기함.

어서요. 작가님에 비해 제가 너무 라이트급이라…(웃음) 저는 〈사랑 및 우정〉 연극을 통해 김원영 작가님을 실제로 처음 보았는데요. 그 전에 작가님은 저를 한 번도 안 만나 보신 채로 연극의 GV(관객과의 대화) 진행을 제안해주셨 지요. 반갑고 의아했습니다. 제가 말하는 걸 본 적이 없으 셨을 텐데 뭘 믿고 제안해주신 건가요?

김: 사실 긴 GV는 아니었어요. 진행하는 사람의 커다란 역량이 요구되는 자리라기보다는 작품의 분위기나 힘을 이어받을 수 있는 자리라면 좋겠다는 생각을 했어요. 그때 떠올랐던 두 분이 장혜영 감독님이랑 이슬아 작가님이었 고요. 장혜영 감독님은 경험과 관심사가 저와 연결되어 있 다는 점이 제일 컸다면 이슬아 작가님은 뭐랄까요, 사람의 몸에 대한 이야기, 몸에 대한 감각, 그런 것들을 이어받아 서 관객에게 전달하는 일종의 퍼포머라고 생각했어요. 짧 은 시간이지만 뭔가 이야기를 옮길 수 있는 사람이지 않을 까. 만나보고 싶은 사심도 있었고요. 이 공연을 좋아하실 지 안 좋아하실지 몰라도 아마 관심을 가지실 거라고 생각 했어요.

이: 관심을 가지는 정도가 아니라 압도당했는데요. 다 보

고 나서 '꼭 이 사람이랑 무언가를 같이 해보고 싶다'는 생각이 들었어요. 동시에 제가 가져온 몸에 대한 관심이 얼마나 '정상적'이라고 불리는 신체에 국한되어 있는지도 실감했고요. 다른 몸에 대해 학습할 기회가 별로 없었고 그래서 무지한 것 같아요. 장애인을 만날 때면 실수를 할까봐 걱정을 많이 했어요. 무례한 실수, 혹은 무례하지 않으려고 애쓰다가 오히려 더 무례해지는 실수를 저지를 것 같아서요. 무식이 탄로 날까 걱정하는 마음이 늘 앞섰어요. 그런데 『실격당한 자들을 위한 변론』을 읽고 한 발짝 더 나아가 보고 싶은 마음이 들었어요. 친구가 되고 싶은 마음, 우정을 바탕으로 일면 함부로도 말할 수 있고 농담도 하고 싶은 마음이요. 차근차근 해보겠습니다.

김: 하하하. 그러시죠.

이: 연극 〈사랑 및 우정〉은 한 남자 장애인이 외출 준비를 하는 모습으로 시작해요. 팔로 바닥을 짚으며 이동하고, 힘겹고도 익숙하게 옷을 입고, 허벅지에 무언가 덧대어 다리를 길어보이게 만들고, 발보다 커다란 신발을 신죠. 누군가의 그런 일과를 꼼꼼히 본 게 처음이었어요. 몸에 자꾸 무언가를 추가하시던데요. 표준적인 신체로 보이게 할

만한 물건들을요.

김: 실제로 제가 이십 대 후반까지 해왔던 일과에요. 아주 더운 한 여름에도 그 과정을 다 했거든요. 지금은 다 버리고 없는 물품이지만 당시엔 다리에 플라스틱 파일 겉표지를 덧대고, 아대 차고, 발목 보호대도 했어요. 거기에 통 큰 긴바지를 입으면 대충 그럴 듯해져요. 십 대 후반부터 이십 대 후반까지 10년 가까이 그렇게 입고 다녔어요. 그런데 오후쯤 되면 허리가 너무 너무 아팠어요. 장비를 풀지 않으면 다리를 못 접고 관절을 못 굽혀요. 어느 시점부터는 다리에 뭔가를 덧대는 걸 안 하게 되었죠. 드라마틱한 계기가 있었던 건 아니에요. 나이를 먹어서일 수도 있고, 〈희망 대신 욕망〉에서도 언급했던 어떤 성적인 관계들, 혹은 내 신체를 타자에게 보여준 경험 때문일 수도 있을 것 같아요.

이: 〈사랑 및 우정〉에서의 춤이 아름다워서 많이 놀랐어요. 처음엔 한 시간짜리 연극을 혼자 이끈다고 하셔서 과연 가능할지 궁금했는데요. 정말 충분한 연극이고 커다란 움직임이었습니다. '파도처럼 커다란 춤'이라는 가사를 쓸 수밖에 없을 정도로요.

195

김: 만들어주신 노래 너무 좋았어요.

이: 고맙습니다. 실제로 본 것에 비해 너무 작은 노래였지만요. 그 안무를 만들게 된 과정이 궁금했어요. 모두 스스로 만드신 건가요? 아니면 안무가가 계셨을까요.

김: 안무가가 만든 부분도 좀 있고요. 전형적인 어떤 무용에서 따온 것이라기보다는 제 평소 움직임들을 좀 반영했어요. 상당 부분은 즉흥으로 춘 것이고요. 특히 처음에 휠체어에서 내려와서 움직이는 부분은 거의 즉흥이었어요.

이: 얼마만큼 즉흥일지 궁금했는데 상당 부분이 그렇군요.

김: 초반부는 그렇지요. 후반부엔 정해진 동작들이 있었고 한국무용하시는 분과 함께 움직임을 찾아나갔어요. 무용을 연습할 때 팔을 올리는 장면이 있잖아요. 거울 보면서 선생님하고 같이 추는데 선생님은 무용수의 몸이니까 팔이 가늘고 선이 예뻐요. 그런데 제 팔은 너무 투박하고 두꺼운 거예요. 두 개의 다른 모습을 거울로 보면서 '하기 싫다, 못 하겠다'라는 생각이 자주 들었어요. 주변에서

'괜찮다, 좋다'라고 얘기해줘도 그냥 하는 말 같았고요. 기존의 것과 달라서 느끼는 좋음일 뿐, 정말 뭔가가 느껴지는 좋음은 아닌 것 같았어요. 이슬아 작가님이 말씀하신 것처럼 제 미의 기준도 조형적인 아름다움에 기대고 있어요. 굉장히 편협한…

이: 편협하고 차별적인… 하하.

김: 네. 전형적인 조형성이 주는 그런 아름다움이요. 걸그룹부터 김연아 선수까지 많은 사람들이 흔히 아름답다고 하는 신체가 있잖아요. 그것과 다른 아름다움이 가능한가에 대한 질문이었죠. 예전엔 불가능하다고 생각하는 냉소주의자였어요. 지금은 가능할 수도 있다고 생각하는 사람이고요. 그래도 저는 아직 그 감각을 잘 다듬지 못한 것 같아요. 연극을 한다는 건 제가 가지고 살아온 관점과 관념에 대한 도전이기도 한 것이지요. 장애인 무용 공연을 보러 가서 그들의 움직임으로부터 어떤 것을 발견하고 싶어서 애쓰기도 했어요.

이: 거울을 통해 본 작가님 몸의 움직임이 맘에 들지 않으셨다고 했잖아요. 그런 엄격한 시선이라면 다른 장애인의

춤에 대해서도 쉽게 감탄할 수 없었을 것 같은데요.

김: 처음 장애인 무용을 알게 된 건 유튜브 영상을 통해서예요. 같이 연극하는 친구가 굉장히 좋다면서 보여줬어요. 이전까지 알아온 장애인 무용은 어떤 것이었냐면, 신체적으로 지극히 표준적인 몸을 가진 장애인의 춤이었죠. 교통사고 같은 걸 당해서 후천적으로 신경이 손상된 사람이요. 주로 남자들이었고 휠체어를 탄 채로 비장애인 여자 무용수와 함께 묘기를 부리듯이 춤을 추는 것이었어요. 그건 제가 가지고 있는 편협한 미에서 별로 멀지 않았어요. 키 크고 잘생긴 장애인들이었고요. 단지 휠체어에 앉아있을 뿐이죠. 전형적인 몸의 무용수와 함께 춤을 추니까 딱히 추할 리가 없죠. 그들이 훈련을 열심히 했다면 당연히 보기 좋을 테고요. 제 인식을 깨는 무용이 전혀 아니었어요. 그런데 친구가 보여준 유튜브 영상은 다리가 없는 무용수의 춤이었어요. 저랑 굉장히 비슷한 신체를 가진 사람이 바닥에서 움직이고 있었어요. 친구는 그게 정말 좋은 춤 같다고 말했어요. 저는 되게 이상했어요. 이게 뭐냐고, 뭐가 예쁘냐고 물었지요.

이: 이상했다는 게, 초라해보였다는 뜻일까요?

김: 네. 추하고 서커스 같았어요.

이: 그렇군요.

김: 여전히 쉽지 않아요. 특히 장애인과 비장애인이 듀엣으로 하는 공연에서 자꾸 비장애인의 몸 쪽으로 시선이 가요. 남자 무용수이든 여자 무용수이든 그 선이 더 예뻐 보여요. 그런데 그런 시선이 깨지고 있는 것은 분명해요. 점점 그렇게 되고 있어요. 지금 보면 꽤 좋게 보여요. 이 춤을 좋다고 느끼는 사람이 있을 거라는 믿음이 생겼어요. 그러니까 저도 용기를 내서 훈련할 수 있겠지요.

이: 춤을 훈련한다는 것이 어떤 과정이에요?

김: 이슬아 작가님도 해보지 않으셨어요?

이: 몇 개의 댄스 교습소에 가보기는 했어요. 이를테면 뉴잭스윙 학원에서는 한참동안 리듬 타는 법을 배웠어요. 그러다가 프리스타일 시간이 오는데요, 그 순간이 정말 두려웠어요. 즉흥에는 젬병이라 안무가 없으면 얼어붙거든요. 라틴댄스 교습소에 다닌 시절에는 누구랑 같이 추는 게 버

거운 느낌이었어요. 별로 안 친한 사람들끼리 몸을 딱 붙이고 뭔가를 한다는 게 어색해서요. 몸이 익숙해지는 데 오래 걸려서 불편했던 생각이 나요. 현대무용은 배워본 적이 없어서 궁금해요. 작가님은 현대무용도 배우고 한국무용도 배우신 것일까요?

김: 배웠다고 하기엔 짧은 시간이지만 영향을 받았을 수 있겠죠. 장애인들은 무용을 하고 싶어도 자기 몸을 잘 모르는 경우가 많아요. 내가 어디까지 움직일 수 있는지, 이렇게 움직였을 때 어떻게 보일지에 대한 감각이 없잖아요. 물론 사람의 몸은 다 다르지만 비장애인은 그래도 비교적 예측하기 쉽지요. 장애인들은 나랑 비슷한 사람의 움직임을 볼 일이 잘 없잖아요. 어떻게 움직이면 좋은지에 대한 감이 없어서 어려워요.

제가 참여한 장애인 무용 워크숍에서 자주 나왔던 질문이 뭐냐면, 내가 이렇게 움직이는 모양이 예쁜지 안 예쁜지 모르겠다는 거예요. 그 질문이 항상 나왔어요. 아까 말한 조형성에 대한 의문인 것이지요. 현대무용 전공자 분들께는 촌스러운 이야기일 수도 있어요. 현대무용에서는 조형성이 미의 기준이 아닐 수 있거든요. 일부러 기이한 동작을 취하기도 하잖아요. 일상에서 잘 하지 않는 몸짓, 관객이 예측하지 못한 기이한 움직임을 하죠. 그런 것에서 예술성을 찾기도 하는데, 사실 저는 항상 내가 기이해 보일까 봐 걱정하면서 살았거든요. (웃음) 예술에서 그걸 일부러 보여주는 게 별로 새로운 시도가 아닌 거죠.

이: 딱히 더 기이하고 싶지 않으신 거죠. (웃음)

김: 그러니까요. 오히려 더 고전주의적으로 가고 싶은 거예요.

이: 연극 〈사랑 및 우정〉의 후반부에서 갑자기 관객 한 분과 함께 바닥을 구르며 춤을 추셨어요. 제가 보았던 회차에서는 김하나 작가님과 함께 추셨는데요, 어떠셨나요?

김: 약간 아쉬웠어요. 더 많이 할 걸. 더 오래 본격적으로 출 걸.

이: 하하. 김하나 작가님하고는 분명 더 오래 출 수도 있으셨을 것 같아요. 두 분이 손을 잡고 같이 구르는 몸짓이 너무 멋지고 좋았어요. 연극의 중반부까지 계속 '예의바른 무관심'에 대해서 말씀하셨기 때문에, 손을 관객석으로 내

밀어주셨을 때에도 저는 함부로 반응해서는 안 된다고 생각했어요. 그런데 한편 너무너무 나가고 싶은 마음도 들었어요. '김원영 작가님이 바닥에 앉은 채로 불특정 다수를 향해 손을 내밀고 있다, 저 손을 내가 잡으면 어떨까?' 막 엉덩이를 떼려던 차에 김하나 작가님이 나오셨어요. 그리고 두 분이 춤을 추셨죠. 그 모습이 왜 이렇게 좋았는지 몰라요. 정말로 즉흥이라는 걸 알 수 있었어요. 너무나 멋진 연극이라고 느꼈고요.

김: 기대했던 것보다 관객 분들이 다들 흔쾌히 해주셨어요.

이: 몸 얘기를 더 해보고 싶어요. 연극을 보며 여러 근육이 눈에 들어왔어요. 몸을 쓰실 때마다 도드라지는 근육들이요. 예를 들어 전완근 같은 부위랄지. 어렸을 때 팔굽혀펴기를 자주 하셨다고 읽었는데, 신체를 단련해온 경험에 대해 여쭙고 싶어요.

김: 체계적으로 단련할 기회는 많지 않았지만 팔굽혀펴기와 턱걸이 같은 건 할 수 있을 때마다 했어요. 어깨와 팔 근력이 제게는 너무 너무 중요해서요. 사실 거의 전부이지

요. 저의 체중을 죄다 감당하고 있으니까. 생존을 위한 체력 비슷한 거예요. 올해 초부터는 휠체어 이용자를 위한 헬스 교실을 다녔어요. 집에서 먼데도 일주일에 한 번씩 빠지지 않고 다녔어요. 처음으로 헬스를 배워보니까 그동안 얼마나 되는대로 막 해왔는지 알게 되었죠. 건강에 좋지 않은 근육들을 길렀구나.

이: 헬스장에 갈 때마다 어떤 전형성에 대한 갈망을 느껴요. 모두가 되려고 하는 몸 말이에요. 헬스장에서의 신체는 완성된 몸과 완성을 향한 과정에 있는 몸으로 나뉠 뿐이에요. 트레이너의 입장에서 제 몸은 늘 어디를 더 깎고 어디를 더 붙여야 하는, 덜 완성된 몸이죠. 덜 된 단계의 몸이요. 그런 시선으로부터 얼마나 멀리 갈 수 있을지 잘 모르겠어요.

연극의 대사 중에 세 번이나 반복하신 대사가 있어요. "더 보기 좋고, 더 보기 안 좋은 몸은 있죠"라고 하셨죠. "그런 게 없으면 솔직히 위선"이라고, "어차피 사랑이랑 우정은 되게 차별적인 시선에 근거한다"고 덧붙이셨고요. 그러니깐 변호사로서 법의 역할을 충분히 애기하시는 동시에, '누구도 누구에게 친구가 되라고 명령할 수는 없다'는 점 또한 말씀하셨어요. 한 사람이 같은 무대에서 자리를 바꾸어가며 두 개의 이야기를 번갈아가며 하는 게 놀라웠어요.
이 각본을 쓰는 경험이 어떠셨나요?

김: 그게 사실 큰 고민이에요. 아주 큰 고민이죠. 법의 역
할만으로는 언제나 불충분했어요. 물론 이렇게 보면 배부
른 소리일 수도 있어요. 왜냐하면 당장 법제도를 통해서
도움을 받지 않으면 외출하거나 생존하기 어려운 장애인
들도 있으니까요. 그 분들이 보시기에 저는 일도 하고 운
전도 하니까 상대적으로 훨씬 낫겠죠. 그럼에도 불구하고
되게 불충분했어요.
인권 활동가뿐만 아니라 공익 변호사들이 많이 계세요. 장
애인 인권을 위해 활동하는 분들이시고 제가 존경하는 분
들도 있죠. 같이 권리를 위해 싸우고 차별 행위에 맞서죠.
하지만 삶이 되게 달라요. 권리를 옹호받는 집단과 옹호
해주는 사람들이 너무 다른 거예요. 한쪽은 대체로 가족
이 있고 삶의 요소를 대부분 갖춘 채로 도와주고 계신 거
죠. 반면 다른 한쪽은 대부분 여전히 사회적으로 소외되어
있고 배제되어 있죠. 그 분들 잘못이라는 얘기는 전혀 아
니에요. 활동이 가치가 없다는 뜻도 아니고요. 공적인 제
도를 갖추어갈수록 장애인들의 자유의 범위는 넓어지니까
요. 그럼 사적인 관계도 더 자유로워지겠죠. 다만 그냥 이

런 괴리들에 대해 생각해보게 돼요. 공적인 자리에서는 우리가 모두 동등하고 평등하고 같이 싸우자는 식으로 얘기하지만 쇼가 끝나고 집에 가면 전혀 다른 거죠. 조심스러운 이야기예요. 공적인 자리에서 토론하고 활동하는 것만으로는 충분하지 않다고 늘 느꼈어요. 그 지점이 뭘까 생각해보면, 저의 경우는 그거였던 것 같아요. 내가 누군가에게 중요한 존재인가. 차별적인 존재인가.

이: 편애받는 존재인가라는?

김: 네, 편애받는 존재요. 다른 존재와 비교할 수 없는, 다른 가치와 비교할 수 없는. 내가 너무나 좋아하는 존재에게 인정받는 경험이요. 어떻게 보면 장애인들의 고민만은 아니겠지요. 비장애인들에게도 잦은 결핍이니까. 그래도 어쨌든 장애가 있다면 그런 상황에 쉽게 놓이지요. 편협한 미적 관념에 대해 아까 말씀드렸지요? '아무리 뭐 권리를 갖추고 변호사가 되었대도 사실 나는 그냥 추한 거 아니야?' 이 생각을 넘어서기가 어려웠어요. 다른 장애인들의 우정과 애정에 관한 문제로 고민이 넓어지기도 하고요.

이: 한 독자는 이렇게 말했어요. 김원영이라는 사람은 대

다수의 장애인들과 너무 다르다고. 만약 자기가 장애인이라면 부러워서 박탈감을 느낄 것 같다고.

김: 비슷한 이야기가 있었지요. 제 책을 과연 대다수의 장애인들이 읽을 수 있는가. 기본적인 공교육 과정도 마치기 어려웠던 많은 장애인들이요. 2000년대 이후 출생한 장애인들은 대부분 교육을 받았지만, 조금만 연령대가 올라가도 교육에서 소외된 사람들이 너무 많아요. 그 분들은 제 책이 너무 어렵다고 하죠. 사실 장애 여부를 떠나서 이런 논의에 익숙하지 않은 독자에게는 어렵겠지요. 제가 글로 다루는 주제가 배부른 엘리트적인 이야기일 수 있다는 이야기를 들은 적이 있어요. 친한 재활학교 형이 제 책을 산 다음에 그랬어요. "이 책 어떻게 읽냐. 잘난 척 좀 하지 마라."

이: (웃음)

김: (웃음) 그런 이야기를 듣죠.

이: 작가님의 책『실격당한 자들을 위한 변론』을 이렇게 소개하신 적이 있어요. '장애인들의 매력과 존엄을 묘사

하는 책'이라고요. 묘사라는 말에 무릎을 탁 쳤어요. 왜 이 책이 소설처럼 읽히는지 알게 되어서요. 그런데 묘사를 하려면 정말 열심히 보아야 하잖아요. 특히 시각적으로요. 김원영 작가님은 되게 유심히 보는 사람이었을 거라는 느낌이 듭니다. 친구들을요.

김: 네, 유심히 보았어요. 다른 것에 대해서는 시선이나 취향을 섬세하게 기르지 못했는데요, 어쩌다보니 장애가 있는 사람의 삶과 몸에 대한 시선은 섬세하게 기른 것 같아요. 제 문제이기도 해서 그렇겠지요? 언제나 중요했던 화두니까요. 제 취향이 편협하다는 것을 알고 있어서 더욱 더 노력했어요. 아주 어릴 때부터 가지고 있던 문제의식 중에 선명한 게 있어요. 장애인들의 모습을 도덕적이고 숭고하게 여기기만 하는 게 싫었어요. 다른 방식으로 나를 표현하고 싶었고, 그렇게 하는 사람들도 보고 싶었어요. 관찰도 많이 하고 장애인의 몸을 다르게 설명하는 언어들을 계속 구했던 것 같아요.

이: 무언가를 어떻게 보겠다는, 혹은 어떻게 안 보겠다는 연습으로 들리는데요. 시선을 훈련하는 거니까요. 그걸 연습한다는 게 어떤 것일까요?

김: 어렵지요. 어려운데, 디테일에 주목하려 했던 것 같아요. 『실격당한 자들을 위한 변론』에도 썼지만 어떤 시위 장면이 있어요. 장애인들이 이동권을 주장하며 아스팔트 위를 기어가는 장면이요.

이: 앞에서 기어가는 친구 엉덩이 보면서 웃음 나온 부분 말씀하시는 거죠?

김: 네. 같이 그 거리를 기었는데, 그 분위기가 싫었거든요. 양 옆에 경찰이 쫙 서 있고, 장애인 운동에 관심 있는 대학생들도 응원 피켓과 촛불을 들고 쫙 서 있어요. 감동의 눈물도 막 흘리고요. 그게 이해는 가요. 처절했거든요. 어떤 발달장애 부모님이 발언을 하며 울기도 하셨고요. 장애인들이 권리를 요구하며 정말 느린 속도로 기어가는 장면이 슬프게 보일 수 있다는 게 너무 이해돼요. 비장애인들이 같이 기어갈 수는 없으니까 응원을 한 것이겠지요. 고맙고 이해도 가요. 정치적으로 문제없다고 생각해요. 그런데 저는 그 상황이 미적으로 구려요. (웃음)

이: (웃음)

김: 저한테는 그게 되게 중요해요. 너무 구린 거예요. 물론 그건 너무 중요한 목표를 담은 시위였고 다들 진지했지만, 저는 뭔가 촌스러운 퍼포먼스처럼 느껴지는 거예요. 그래서 그 눈물겨운 시선을 안 보려고 그냥 내 앞을 기어가는 친구를 계속 본 것이지요. 저는 알고 있거든요. 장애인들이 기어가는 게 굉장히 어렵고, 장애에 따라서는 굉장히 고통스러울 수 있어요. 근데 한편으론 많은 장애인들이 집에서 그냥 기어 다녀요. 뇌병변 장애인의 신체는 되게 특이해서 예술가들에게 영감을 주기도 했어요. 니진스키라는 러시아의 전설적인 무용수도 뇌성마비 아동의 움직임을 보고 안무를 짰거든요. 그러니깐 뇌성마비 장애인들의 움직임이 현대예술의 시각에서는 큰 영감이기도 해요. 이걸 다르게 보면 굉장히 비극적이기도 하고요. 근육과 몸을 비틀어서 겨우 한 걸음씩 가는 모습이니까요. 누군가가 보면 눈물 나는 모습이기도 한 거죠. 한 장애인 친구는 그 시위 날에 제게 농담을 하기도 했어요. '너는 기어봐야 별 효과가 안 난다. 하지 마라. 뇌성마비 장애인들이 기는 게 훨씬 효과적이다.' (웃음)

이: (웃음) 김원영 작가님은 비교적 노련하게 움직이실 수 있으니까요?

김: 그렇지요. 제 주위에는 뇌병변 장애인 친구들이 많아요. 그들의 움직임에 익숙하고요. 익숙하기 때문에 그렇게까지 숭고한 움직임이 아니라는 것도 알죠. 되게 웃기기도 하고요. 그치만 조심스럽지요. 중요한 목표를 가지고 하는 시위니까 거기서 웃으면 안 되지요. 그래도 거길 둘러싼 그 숭고한 아우라를 좀 벗겨내고, 사람 하나 하나를 보았으면 좋겠다는 생각이 들었어요.

친구가 기어가는 동안 발목에 힘줄이 터질 것처럼 아킬레스건이 올라오는 디테일이 저는 되게 멋지다고 생각했거든요. 바로 뒤에서 따라 기어가니까 볼 수 있었지요. 그런 걸 자꾸 자꾸 보고 싶었어요.

선명도가 형태를 압도할 때

그러나 우리는 또 하나의 진실을 알고 있다. 장애나 질병을 가져서, 혹은 '못생겼다'는 이유로 한 아이의 선동에 따라 열 명의 아이들이 우리의 몸을 희화화하는 돌림노래를 부를 때, 그 가운데서 쭈뼛거리는 한 아이의 모습을 본 적이 있지 않은가? 만약 그 아이가 용기넘치는 아이라면 "야, 너네 그러지 마!"라고 외칠 것이다. 그리고 용감하지 못한 평범한 아이라면 놀이터에 어둑어둑 그늘이 들 무렵 돌림노래의 마지막 절이 멀어져갈 때까지 집으로 돌아가지 못할 것이다. 그리고 마침내 노래의 끝자락이 사라지면 아이는 눈치를 보며 다가올 것이다.

"쟤네들 도대체 뭐냐, 짜증난다."

눈을 내리깐 채 아이들의 돌림노래와 자신은 아무런
상관이 없다는 듯, 흙으로 덮인 바닥에 알아볼 수 없는
그림을 그리던 아이는 그 순간 타인이 존재하는 세계
와 닿는다.

— 김원영,『실격당한 자들을 위한 변론』, 11쪽.

이: 작가님의 책『희망 대신 욕망』에서 '미물'에 대한 이야
기를 읽고 마음이 서늘했습니다. 고등학생일 때 친구 중
하나가 '미물론'이라는 제목의 글을 게시판에 올렸다고 하
셨죠. 미세하고 보잘 것 없는 존재(미물)들을 반에서 골라
내고 분류했다고요. 체력이 약하거나 외모가 형편없거나
성격이 내성적이거나 성적이 낮아서 좋은 대학에 진학할
확률이 낮은 학생들을요. 어떤 식으로든 자기보다 약한 사
람을 알아보고 따돌리고 놀리는 아이들을 숱하게 봐온 것
같아요. 인간의 본능이 여기에 더 가깝다고 느끼기도 해
요. 후천적인 노력으로 겨우 조금씩 괜찮은 친구가 되어갈
수 있는 거라고요. 제가 청소년이었을 때엔 실패했지만요.

김: 고등학교만 일반학교 생활을 했어요. 그 안에 서열이
있잖아요. 저는 장애인이니까 응당 '미물'로 분류되어야

했는데 어찌 보면 다른 방식의 권력으로 대응한 셈이에요. 학교를 늦게 들어가서 동기들보다 나이가 두 살 많았어요. 시험을 보면 점수가 잘 나왔고요. 그런 식으로 다른 위계 구조에 힘입어서…

이: 나이나 성적 같은 것으로요.

김: 네, 장애가 깎아 먹는 것들을 살짝 보호하는 몇 가지 요소였죠. 물론 아주 친밀한 관계가 보장되는 건 아니었어요. 그냥 노골적인 배제를 비껴간 정도죠. 그런데 저도 감각이 있었던 것 같아요. 아이들하고 한두 마디 섞을 때면 그중 누군가는 마음이 열릴 거라는 느낌이 들었어요. 쟤는 나랑 맞을 수 있을 것 같다는, 내가 쟤한테 가서 말을 걸어도 될 것 같다는 느낌. 물론 저만의 생각일 수도 있죠. 누군가는 부담스러울 수 있고요. 사실 어린 시절에는 장애인을 놀리거나 적어도 친한 걸 부담스러워하는 게 본능에 가까운 것 같아요. 그래도 그 중에 한두 명은 꼭 있어요. 낭만적으로 얘기하려는 게 아니고 정말 한두 명과는 관계가 맺어져요. 그 애들을 통해 더 큰 관계망에 진입하게 되기도 하고요. 아마 이슬아 작가님이 그런 역할이 되었을 수도 있겠네요.

이: 저는 제대로 못했어요.

김: 너무 어려운 일이지요. 왕따를 당했던 친구가 저에게 자주 말을 걸기도 했어요. 그 친구도 직감적으로 뭔가 느꼈던 거겠죠. 김원영한테는 다가가도 괜찮을 것이다. 하지만 저도 나중에는 피하기도 했어요.

이: 청소년들은 관계에서 생존본능에 가깝게 움직이는 것 같아요. 주류가 되려고 혹은 주류에 속한 애들이랑 틀어지지 않으려고 노력했던 게 생각나요. 다시는 청소년기로 돌아가고 싶지 않네요.

김: 저도 청소년기가 싫어요. 지금이 좋아요. 사람들 속마음은 다 다르겠지만, 적어도 겉으로는 어느 정도의 합의가 있잖아요.

이: 이십 대 때 쓴 글 되게 싫어하신다고 하셨죠. 왜 싫어하시나요?

김: 일단 이상한 문장들이 너무 많고요. 엄청 조심한다고 했는데도 느껴지는, 남성 장애인의 전형적인 태도가 있어

요. 사회적으로 지위를 획득한 남자 장애인들의 자의식이요. 저는 그걸 너무 싫어했음에도, 제 자신에게도 그런 자의식이 있었던 것 같아요. 어쩌면 시대의 한계도 있을 거예요. 제가 청소년이었을 땐 장애인들이 쓴 책이 많지 않았어요. 아주 소수였죠. 대부분 비슷했어요. 장애가 심한데 너무 리더십이 좋고, 학교에서 주류이고, 연애를 잘하고⋯ 특히 비장애인 여성과의 연애 스토리가 반드시 나와요. 어렸을 땐 혹하며 읽었지만 대학 때부터는 그런 이야기가 좀 구려 보였어요. 나쁘다기보다는 뭔가 좀 구질구질한 느낌이요. 그러면서도 저 역시 그 욕망으로부터 자유롭지 않았던 것 같아요.

이: 이십 대 때 지하철에서 누가 불쌍히 여기려고 하면 가방에서 밀란 쿤데라 책을 꺼내 읽으셨다는 대목에서 웃었어요. 정말 있어 보이는 책이잖아요. 이름도 밀란 쿤데라고요.

김: 『공산당 선언』도 지하철에서 꺼내들기 좋은 책이었어요. (웃음)

이: '야한 미물의 시대'를 열망한다고 쓰셨죠. 제게는 섹

시가 오래된 화두였어요. 어떻게 하면 섹시한 사람이 될 수 있을지 자주 고민했고 지금은 섹시의 지평을 넓히는 것에 관심이 많아요. 작가님께 섹시란 무엇이지요? 섹시를 위한 노력들도 궁금합니다. 사실 그 노력은 말하지 않는 게 섹시의 원칙일 테지만 (웃음)

김: (웃음)

이: 우아하고 노련하고 싶다는 고백을 여러 번 쓰셨듯 섹시에 대해서도 이야기해주실 수 있을까요?

김: 제가 성적 존재로 여겨지지 않는다는 생각을 중고등학교 때 많이 했어요. 나도 누군가에게 그렇게 보이고 싶다고 바랐던 것 같아요. 또 다른 복잡한 이유들도 있죠. 장애인을 둘러싼 아우라요. 보수적이고 진부한 관점에서는 장애인을 너무 동정이나 감동의 서사로만 보고, 정반대로 진보적인 인권 운동의 시선에서는 너무 정치적 투사처럼 보기 때문에 여전히 개인의 욕망은 가려지는 것이 아닌가 싶었지요. 어느 쪽이든 신체에 주목하지 않는다는 느낌이었죠. 계속 관념으로만 존재하는 거예요.
저한테는 몸이 되게 중요했어요. 제가 이십 대 때 가장 들

고 싶었던 칭찬은 '네가 세상을 바꾸는 인간 승리의 주인공이다' 이런 말 아니고 그냥, '나는 네 왼쪽 어깨가 좋다' 이런 말을 듣고 싶었어요. 구체적인 물질로서의 신체요. 섹시함이나 야함이라는 말이 지금은 좀 촌스러운데 당시에는 효과가 있다고 생각했어요. 2002년에 『나는 나쁜 장애인이고 싶다』라는 책이 출간되었어요. 장애인 대학생이 쓴 책이죠. 감동이나 인간승리의 서사 말고, 거칠게 말하자면 '나도 일면 나쁘고 재수 없고 싸가지 없는 사람이고 싶다, 맨날 사람들에게 영감을 주는 존재 그런 거 싫다'는 이야기였어요. 제가 2009년에 책을 쓸 때 그런 생각을 했지요. 이제 '나쁜 장애인'까지는 나왔으니까…

이: 이번에는 '야한 장애인'을 써야겠다고 생각하신 건가요? (웃음)

김: (웃음) 민망하지만 그런 제목을 붙여본 것이죠.

이: 촌스러운가요? 별로 안 촌스러운데요. 섹시는 쉽게 촌스러워질 수 없는 가치 아닌가요?

김: 요즘엔 잘 안 쓰는 것 같아요. 그런 말을요.

이: 섹시라는 말이요? 그러게요. 분명 조금 다른 뉘앙스로 쓰게 된 것 같네요.

김: 과거에는 아주 성애적인 섹시함만 생각하는 경향이 있었다면 지금은 좀 더 넓게 생각하는 듯해요. 아무튼 저는 더 선명한 인간이 되고 싶었어요. 에로스적인 관계 중요하지요. 중요한데, 섹시함에 대해 말하는 것이 조심스러워요. 특히 남성으로서 더 조심스럽고, 장애인 남성과 섹슈얼리티 얘기가 나오면 항상 '섹스 자원봉사' 이런 얘기가 따라붙죠. 그래서 조심스러워요.

이: 『실격당한 자들을 위한 변론』 8장에서 '디보티즘'에 관해 이야기하셨지요. 장애가 있는 신체에게 성적 매력을 느끼는 상태요. 저는 특정한 성애를 떠나서 장애인이든 비장애인이든 다들 살짝 그림자가 있는 사랑을 하고 있다는 생각이 들었어요. 그게 8장을 읽은 저의 소감이에요. 『실격당한 자들을 위한 변론』이 장애에 관한 책일 뿐 아니라 사랑의 그림자에 관한 책이라고 생각했어요.
헷갈리는 게 많았어요. 이를테면 어떤 사람을 만나기 전에 그의 내면을 모르면서도 '난 어깨 넓은 사람이 좋아. 팔에 힘줄이 튀어나온 사람이 좋아'라고 말하는 것과, 누군가가

'나는 사지가 절단된 사람이 좋아. 다리를 못 움직이는 사람이 좋아'라고 말하는 것이 어떻게 다를 수 있는지요. '틴더'를 할 때의 감각을 다시 생각해보았어요. '틴더'라는 데이팅 앱을 아시나요?

김: 들어는 보았어요.

이: 틴더에서는 여러 사람의 사진을 보고 빠르게 판단을 해요. Like를 누를지 Nope을 누를지 Super Like를 누를지. 그 과정을 계속 반복 하다보면 어쩐지 살짝 불행해지거든요. 그 이유가 뭘까 생각해봤어요. 누군가를 너무 간단하고 빠르게 반복적으로 판단하는 피로감일 수도 있고, 나역시 누군가에게 그렇게 판단된다는 굴욕감일 수도 있을 것 같아요. 물론 잘 나갈 수도 있겠죠. 그치만 어쨌든 연애 시장에서의 내 가치가 수치화된다는 느낌이 그리 편안하지 않았어요. 특히 디보티즘을 읽은 뒤에 내가 누군가를 섹시하다고 느끼는 감각을 자꾸 다시 돌아보게 돼요. 틴더를 끊으면 좋겠다는 생각도 들고요. 새로운 섹시를 배우고 싶어서요. 김원영 작가님은 최근 무엇을 보고 섹시하다고 느끼셨나요?

김: 계속 다른 감각을 키워나가고 싶어요. 섹시하다고 느끼는 전형적인 이미지가 제게도 있지요. 아마 틴더를 한다면 제가 거기서 Like를 누를 법한 사람들은 대충 비슷할지도 몰라요. 그런데 제가 배운 것 중 하나는 어떤 사람과 오랫동안 관계를 맺어본 경험이에요.

이: 초상화를 그리듯 만나는 경험을 말씀하시는 거죠?

우리가 한 사람을 '본다'고 할 때 그 행위는 사진을 찍는 행위보다 초상화 그리기에 더 가깝다. 특히 당장 내 앞에 있는 그 사람을 볼 때가 아니라 기억을 떠올릴 때 더욱 그렇다. (…) 영화는 수많은 스냅사진이 우리 뇌가 인지하지 못할 정도로 빠르게 이어지는 매체이지만, 여전히 우리가 한 사람을 실제로 일정 시간 이상 '바라본' 만큼의 시간성을 농축해내지는 못한다. (…) 그 사람과 함께한 모든 순간에서 그가 보여준 미세한 떨림과 다양한 표정, 긴장했을 때 움츠러들던 어깨, 해 질녘 그림자가 진 옆얼굴, 지쳤을 때의 목소리, 들떴을 때면 쭉 펴지던 목선, 자기가 좋아하는 물건을 힘껏 들어올릴 때의 팔뚝 등이 하나로 밀도 있게 통합되어 그 사람의 이미지를 만들어낸다. (…) 오랜 시간 섬세하게 분별한 그 사람의 미적 요소들이 완전하게 통합된, 그 사람의 초상화가 주는 아름다움을 말하는지도 몰랐다.
– 김원영, 『실격당한 자들을 위한 변론』, 274~277쪽

김: 어떤 사람과 오랜 연애를 하는 중인데, 처음엔 결코 그 사람의 외모 때문에 시작된 연애는 아니었어요. 아까 제가 비장애인과의 연애 스토리 이야기하는 남자들 되게 싫어했다고 말씀드렸지만 사실 욕망은 비슷했거든요. 이십 대 초반엔 대놓고 말하기도 했어요. 나는 사회복지학과랑 기독교인이랑 장애인이랑은 연애 안 한다고.(웃음) 그랬는데 나중엔 기독교인만 빼고 다 연애해보고⋯ (웃음) 어쨌든 당시 제가 타인에게서 느낀 섹시함이라는 건 그냥 그 사람이 어떻게 생겼는지가 되게 중요했어요. 그런데 시간이 축적될수록 달라지는 것도 있는 것 같았어요.

오랜 연애를 하게 된 사람과 같이 대만 여행을 간 적이 있어요. 그 사람도 저처럼 휠체어를 탔는데요. 대만의 어떤 도시를 찾아가서 밀크티 집에 가보기로 했어요. 지도상으로는 기차역과 굉장히 가까운 밀크티 집이었어요. 둘 다 휠체어를 타니까 너무 멀면 힘들잖아요. 그런데 가보니까 기차역이 완전히 한쪽이 차단돼서 건너편으로 건너가려면 지하도로 가야 하는 그런 곳이었던 거죠. 굉장히 이동하기

힘든 곳이었어요. 그래도 가보자 하고 휠체어를 끌고 갔는데 생각보다 너무 먼 거예요. 둘 다 거의 녹초가 된 거예요. 밀크티 마시러 가는 길에. 하하하.

이: 어쩜…

김: 게다가 타이페이로 돌아갈 시간이 얼마 안 남은 거죠. 겨우 도착한 밀크티 집에서 어찌어찌 마시고 잘 쉬지도 못하고 왔던 길을 다시 돌아왔죠. 근데 택시에 휠체어를 한 대 밖에 못 싣게 된 거예요. 시간이 급박하니까 빨리 누군가가 먼저 역으로 가서 기차에 편의 시설을 요구하고 경사로를 달라고 해야 하는 상황이었어요. 둘 다 엄청나게 지쳤고요. 이전까지는 제가 일방적으로 상황을 리드하는 관계였어요. 그러다 갑자기 그 친구가 너무나 멋있게 상황을 정리하더니, 자기는 휠체어를 밀고 뒤따라 가겠다고, 저보고 먼저 택시 타고 가라고 하는 거예요. 그 친구는 영어를 잘 못했으니까 일단 제가 택시를 잡았어요. 기차역에 빨리 도착해서 문제를 해결해놓으려고요. 택시로 이동하고 있는데 차창 밖으로 그 친구가 혼자서 휠체어를 밀고 막 가고 있는 것이지요. 의존적인 사람이라고 생각했는데, 그 더운 날 휠체어를 밀고 낯선 나라의 도시를 막 가니까…!

이: 너무 멋있네요.

김: 너무 멋있는 거예요, 진짜! '저런 면모가 있구나.' 싶
고요. 그 면모를 본 순간 그 전까지 봐온 다른 면모들과 정
말 통합되는 것이지요. '아, 정말 매력적인 사람이었구나.'
새삼 알게 된 거죠. 그 이후에 싸우기도 했지만 여행에서
의 그런 순간 덕분에 시간의 힘을 느꼈던 것 같아요.
또 다른 하나는 접촉에 관한 거예요. 춤 워크숍에서 여러
상대방과 손등을 대고 같이 움직일 때가 있어요. 그 몸짓
을 할 때의 느낌이 사람마다 정말 다르게 전해지더라고요.
제가 가진 편협한 조형미와 거리가 멀어도 같이 움직였을
때 너무나 아름다운 사람이 있었어요. 누군가를 아름답다
고 느끼는 게 확실히 다양해지는 중인 것 같아요. 물론 지
금도 편협하지만요.

이: '티리온'이라는 캐릭터에 대해서도 같이 얘기해보고
싶었어요. 드라마 〈왕좌의 게임〉에 출연하는 배우 피터 딘
클리지요. 이 사람을 보고 스냅사진이 초상화가 되는 과정
에 대해서 쓰시기도 하셨죠. 티리온이라는 인물에게 어떤
느낌을 가지고 계신지 궁금합니다.

김: 티리온은 저뿐만 아니라 많은 장애인들, 특히 자기 신체가 어떻게 보여지는지에 관심이 많은 장애인들한테는 아주 중요한 사람인 것 같아요. 드라마의 시즌이 거듭될수록 '사람이 선명해진다는 게 이런 거구나' 하는 생각이 들어요. 너무나 선명하고, 그 선명도가 형태를 압도한다는 느낌이요.

이: 선명도가 형태를 압도하는 느낌은 제가 작가님 연극에서 받은 느낌이기도 해요. 저에게 작가님은 정말 정말 선명한 사람으로 보여요.

김: 작가님이 노래까지 만들어 보내주셔서, 진짜 그렇게 봐주셨구나 생각했어요. 의례적인 말이 아니고요.

이: 그럼요. 연극하는 김원영 작가님도 있지만, 글 쓰는 김원영 작가님도 놀랍고 부러워요. 작가로서 닮고 싶은 점이 많아요. 두 권의 책을 읽으며 되게 짜릿했는데요. 나를 너무 불쌍히 여기지 않은 채로, 나에게 너무 도취하지도 않은 채로 자기 서사를 힘차게 밀고 나가는 느낌이었어요. 이렇게 쓰게 되기까지의 과정이 궁금했어요.

김: 저는 이슬아 작가님 글 보면서 그런 생각을 해요. 어떻게 날마다 이렇게 쓰지? 말이 되나? 너무 놀랍고요. 제 글에 대해 그렇게 이야기해주시니 감사하지만 저는 글을 그렇게 잘 쓰는 사람은 아닌 것 같아요. 장애와 무관한 사람에 대해서 쓸 때마다 특히 느껴요. 그저 제게 너무 중요한 문제들이 있었을 뿐이죠. 돌파해야 하는 문제요. 그 문제의식이 글쓰기의 동력이었던 것 같아요. 운이 좋게도 서울대학교 사회학과에 가서 사회과학적 글쓰기 훈련을 받았어요. 한국사회에서 장애인으로서는 아주 극소수의 케이스죠. 대학에서 자연스럽게 여러 언어를 익힐 수 있었어요. 그 언어가 익숙한 사람은 제가 가진 문제의식이 없을 수 있고, 저와 같은 문제의식을 가진 사람은 논리적인 언어를 익힐 기회가 없을 수 있잖아요. 저는 그냥 제가 할 수 있었기 때문에 한 것 같아요. 요즘에는 저도 이슬아 작가님처럼 인터뷰를 하며 쭉쭉 확장되는 훈련을 하고 싶어요.

이: 다른 장르로요?

김: 네. 사실 저는 변호사 일이 괴로워요.

이: 몰랐어요.

김: 네, 정말 싫어해요. 많이 하지도 않지만 정말 싫어해요. 인권위에서 일할 때도 괴로운 시간이 훨씬 길었어요. 글 쓰는 게 그나마 제일 좋아요. 그런데 예를 들면 제가 이슬아라는 사람을 인터뷰하고 긴 글을 쓸 수 있을까?

이: 물론 쓰실 수 있겠죠.

김: 못 쓸 것 같아요. 그런데 한 번 해보고 싶지요.

이: 〈시사IN〉에 연재하시는 '싸이보그가 되다' 시리즈를 저는 정말 좋아해요. 어떻게 쓰시게 된 글인가요?

김: 미래 과학기술의 발전과 장애인의 관계에 관심이 많았어요. 과학이 발전하면 장애가 사라진다고들 하는데 정말로 어떻게 될까? 하는 생각들이요. 그동안 장애가 하나의 정체성이고 이대로 살아가도 좋다고 외치며 아주 힘들게 여기까지 왔는데, 그걸 해결할 수 있는 기술이 점점 다가오고 있으니까요. 아주 뛰어난 보청기의 발명이랄지… 이런 걸 다뤄보고 싶었어요. 그때 이슬아 작가님처럼 김초엽 작가님이 나타난 것이죠. 작가님과 나이도 비슷하실 텐데요. 김초엽 작가님은 장애에 대한 글을 쓰는 분이라기보

다는 그 경험을 반영한 소설을 쓰시잖아요. 저는 대학 때 그런 외로움이 있었어요. 되게 훌륭한 분들. 그러니까 제가 범접할 수 없는 투쟁가들이 많았어요. 지하철에 뛰어드는 장애인들. 그리고 똑똑한 장애인들. 사법시험 합격한 장애인들… 그런데 저의 이런 고민을 글로 쓰고 대화할 수 있는 장은 없는 것 같았어요. 하지만 이제 90년대 생들이…

이: 90년대 생들이 오고 있죠. (웃음)

김: 네. 그런 분들이 등장하고 계시죠. 페이스북 때문에 만나기도 했고요. 김초엽 작가님을 발견했을 때 되게 반가웠어요. 과학기술의 발전과 장애를 주제로 한 글을 꼭 같이 써야겠다 싶었어요. 김초엽 작가님이 더 대작가 되시면 같이 안 써주실 것 같으니깐 지금 빨리 잡자.

이: 하하하.

김: 고맙게도 같이 하게 되었는데 생각보다 어려웠어요. 저희가 화두를 던질 수는 있지만 구체적인 쟁점으로 들어가려면 과학기술에 대한 이해가 있어야 하니까요. 저는 특

히 그런 지식이 부족해서 어려웠어요. 그래도 장애인 당사자들이 직접 논의에 뛰어들었다는 점에서 의미가 있는 것 같아요.

이: 앞으로는 어떤 일들이 남아있나요? 무얼 계획하고 계신지 궁금해요.

김: 제가 장기적으로 하고 싶은 일은 5년 정도 후에 무용팀을 만들어서 아시아 지역 시골에 사는 장애인들과 워크숍을 하는 거예요.

이: 그럼 작가님이 여러 지역을 순회하는 방식이겠네요.

김: 그렇겠죠? 독일에 게르다라는 무용수가 있는데, 게르다의 팀이 하는 작업과 비슷한 일을 저도 하고 싶어요. 같이 움직이고 춤 추고, 가능하다면 그 이후에 권리와 차별에 관한 이야기도 나누고 싶어요. 장애인 인권 네크워크를 조금 만들어놓았어요. 네팔이나 몽골 등의 나라에 계신 장애인 분들을 알고 있죠. 거기에서는 이제 막 권리 운동이 어마어마하게 전개되고 있거든요. 분명 저랑 비슷한 사람이 그곳에도 있을 거라고 생각해요. 권리와 평등을 주장

하지만, 마음 한 구석에서는 자신의 몸을 받아들이는 것이 어려운 사람들이요. 자기 몸에 회의적인 사람들이 있을 거예요.

—

수없이 교차하는 정체성 속에서 우리는 사실 하나의 욕망을 공유한다는 점을 깨닫게 될 수도 있다. 그 욕망이란 이런 것이다. (…) 한 사람의 개인으로 꿈꾸고 사랑하고 일하고 여행하다 죽는 삶에 대한 열망이다. (…) "네 주제에 남들 하고 싶은 대로 다 하고 살려고 욕심내면 안 된다"라는 말을 직간접적으로 들어온 사람이라면, 이 세속적이고 덧없는 욕망을 품어보는 일이야말로 전복적이고 저항적인 행위라는 것이다. 바로 그 "모든 것을 다 해본 후에 삶이 덧없음을 깨닫는" 일이야말로 우리 사회 모든 구성원에게 고르게 배분되어야 할 귀중한 삶의 기회가 아닌가?
– 김원영, 『희망 대신 욕망』, 9~13쪽.

다시, 무대에 있는 그를 생각한다. 그는 어둠 속에서 나타나 한 시간 동안 무대를 휩쓸 것이다. 그러다 어두워지며 연극이 끝날 것이고 관객들을 일어나 각자 집에 돌아가겠지만 머릿속에서 김원영이라는 사람이 이따금씩 섬광처럼 번쩍일 것이다. 공연 예술은 몸이 표현의 중심에 놓이는 장르다. 배우의 신체를 통해 구현되어 관객에게 전달된다. 이야기와 감정이 담긴 그 몸을 일정 시간 동안 불특정 다수의 관객이 바라보게끔 한다. 연극이 자신과 친구들에게 '아름다울 기회'를 제공할지도 모른다고 그는 생각했다. 자기 신체를 표현할 기회가 거의 없었을 장애인들에게 아름다울 기회를 분배하는 자리라고.

이 아름다움이 왜 그토록 중요할까. 우리는 모두, 너의 '신체'와 함께하고 싶다는 말에 크고 작은 구원을 받기도 하는 존재들이기 때문이다. 그는 질문했다. 신체에 대한 혐오야말로 그 존재에 대한 진정한 부정이고, 그에 대한 무심함이야말로 그 존재에 대한 완전한 무시가 아닐까? 사랑은 물론이고 우정의 성립에서도 개인의 매력과 아름다움이 절대적인 영향을 미친다. 매력의 기준이 정의롭든 그렇지 않든 말이다. 누군가와 친구가 되라는 명령은 누구도 할 수 없다. 사랑은 말할 것도 없다. 저 사람을 사랑하라는 도덕적 의무를 지우는 건 불가능한 일이다. 그건 법과 사회과학의 논리적이고 윤리적인 언어도 닿을 수 없는 영역이다.

그래서 그는 종종 무대에 오른다. 나는 어둠 속에 앉아 숨죽이고 그가 어떻게 움직이는지 본다. 한 사람이 몹시 선명한 존재가 되어가는 시간이다. 말과 글뿐 아니라, 춤과 몸짓과 표정으로 그는 내 앞에서 아름다움을 전개하고 있다.

봄과 여름에 한 인터뷰를 가을에 정리했다.

그사이 정혜윤은 책을 썼다. 『당신은 슬프지 마세요』라는 제목으로 곧 세상에 나온다. 그가 이야기한 연대, 있는 힘껏 내 슬픔을 꺼내어주는 그 마음을 이제 더 자세히 읽을 수 있을 것이다. 또한 그는 아주 커다란 집중력으로 〈조선인 전범 - 75년간의 고독〉이라는 라디오 다큐를 완성하고 있다.

김한민은 '쓰레기와 동물과 시' 프로젝트를 진행했다. 덕분에 나는 그의 친구가 되지 않았다면 아마도 쓰지 않았을 글을 썼다. 가을에 그는 불태워진 아마존에 다녀왔다. 그가 아마존에서 본 것들을 생생하게 옮긴 글이 〈한겨레〉

에 연재되었다. 우리는 비건으로서 함께할 수 있는 일들을 모색 중이다.

유진목은 여전히 손목서가를 운영하며 날마다 새로운 책을 고르고 진열했다. 아름다운 티셔츠와 가운과 뮤직비디오를 만들기도 했다. 또 한 마리의 고양이가 그의 집에서 함께 살게 되었다. 이제는 두 마리의 고양이가 그의 일상에 잊을 수 없는 디테일을 추가하고 있다.

김원영은 극단 애인에서 활동하며 새로운 무대에 올랐다. 〈인정투쟁; 예술가 편〉이라는 공연이다. 계속해서 신체를 단련하고 감각을 깨울 기회가 있기를 그는 소망한다. 우리는 장애인을 향한 기존의 소비 방식을 거스르는 이미지 작업을 함께 만들고자 이야기를 나누고 있다.

우리는 이렇게나 시시각각 변하고 흔들린다. 여기 이 책에 고정된 만남은 다시는 반복되지 않을 것이다. 이 모습으로는 딱 한 번만 가능했을 것이다.

수록된 모든 사진은 나의 멋진 동료 류한경이 찍었다. 그는 내 친구 중에서 가장 키가 크지만 때에 따라 놀라우리만치 존재감을 잘 지우는 사람이다. 인터뷰이와 나는 그를 잊은 채로 이야기를 나눴다. 그의 등장과 퇴장은 우리의 대화를 방해하지 않고, 그의 사진기는 우리의 몸짓을 경직시키지 않는다. 그는 정중하고 조용하게 인터뷰의 곁

면과 속살을 담은 뒤 집으로 돌아간다. 그러고는 아주 근사한 사진들을 나에게 보낸다. 그가 가진 존중의 능력 덕분에 이 책을 부드럽게 완성할 수 있었다.

바라보고 질문하고 듣고 옮기는 일들을 앞으로 더 잘하고 싶다.

2019년 가을
파주 헤엄 출판사에서
이슬아

깨끗한 존경

이슬아 인터뷰집 2019

이슬아 지음

초판 1쇄 발행 2019년 11월 13일
초판 9쇄 발행 2024년 12월 25일

펴낸곳 헤엄 출판사
펴낸이 이슬아
등록 2018년 12월 3일 제2018-000316호
팩스 050-7993-6049
전화 010-9921-6049
전자우편 hey_uhm_@naver.com

아트디렉션 이슬아
디자인 최진규
교정교열 최진규
사진 류한경
로고디자인 하마
제작·제책 세걸음

ISBN 979-11-965891-4-1 03810